萬葉集名花百種鑑賞

JN183368

川上富吉 編

新典社

青島　鞠子　挿花

清水　宣宏
清水美恵子　撮影

まえがき

本書は、標題の如く、『萬葉集』の植物百種を選び、その鑑賞文と写真（フルカラー）とを見開き二頁で対照鑑賞するものです。

従来、萬葉植物に関する有益な書物は、いずれも植物学的図鑑的な解説であり、何か物足りなさを感じておりました。人間性や生活感に乏しいと思いました。読者の知性・感性を刺激・喚起して、創造的な想像力を発動させる、独創的個性的な萬葉植物の写真と文章の交響する芸術的な本があったらいいなと思い続けておりました。数年前、華道家の青島鞠子氏の『花馨《はなかおり》』に接し、これだ!! と感動いたしました。そこで青島さんに、生活感のある萬葉植物の製作をお願いし、ご賛同・ご協力を得、古代文学の専門研究者二十人（男女、各十人）に五種分担で鑑賞文の執筆をお願いしました。さらに、青島さんも各執筆者もお互いのものを読むことも見ることもなく、自由に製作執筆をし、本となって初めて対面することとしました。そこにこそこの本のおもしろさ、たのしみがあります。花の製作者、各執筆者をはじめ読者の皆様に、全人的な想像力をフル稼働させて、見る・読むことを願っています。

凡例

一、植物名は、『萬葉集』のものは「ひらがな」で、現代名は「カタカナ」で記した。

一、『萬葉集』歌の本文・訓読は、「新日本古典文学大系」本によったが、筆者により適宜改めたところもある。

一、歌番号は、松下大三郎編『国歌大観』の通し番号を漢数字で、巻数をアラビア数字で示した。また、作者の分明なものは付記した。

例　あかねさす紫野行き標野行き野守は見ずや君が袖振る（1二〇　額田王）

一、巻末に、①植物名索引。②書名索引。③執筆者分担一覧を付した。

目次

あかね（アカネ）

あかねさす昼は物思ひぬばたまの夜はすがらに音《ね》のみし泣かゆ
（15三七三二　中臣宅守《なかとみのやかもり》）

明るい昼は物思いにふけり、暗い夜は夜通し、ただただ声をあげて泣いてしまうことだよ。

中臣宅守と、狭野弟上娘子《さののおとがみのおとめ》との悲恋物語の一首である。

『萬葉集』の目録によると、宅守は、女孺（下級の女官）である娘子を娶ったが、勅命により越前国に配流される。二人は再会し難いことを嘆き、別離後も六十三首の歌をやりとりした。昼も夜も一日中娘子を思って過ごすというこの歌は、切ない思いが歌の主調をなし、「あかねさす」「ぬばたまの」の二つの枕詞の存在が、色彩豊かなものにしている。

「あかね」は、山野に自生するツル性多年植物の茜草。夏から秋にかけて小さな白い花が咲く。根は、太いひげ状で多く群がり、萬葉時代から染料、薬として用いた。

『和名抄《わみようしよう》』に「茜　蘇見反　和名阿加禰　可以染緋者也」とあり、赤色染料となる。「あかねさす」は、茜草由来の色彩をふまえた枕詞である。茜色に色づき照り映える意で「昼」（19四一六六　大伴家持《おおとものやかもち》）「日」（12二九〇一　作者未詳）に、色彩の類似から「紫」（1二〇　額田王《ぬかたのおおきみ》）、紅顔のほめ言葉として「君」（16三八五七　佐為王《さいのおおきみ》　近習婢）にかかる。

また、「あかねさし照れる月夜」（4五六五　賀茂女王《かものおおきみ》・11二三五三　人麻呂歌集）と、「月」が明るく照り映える意でも用いられている。

（倉住　薫）

あかね（アカネ）

◇◆秋の七草◆◇

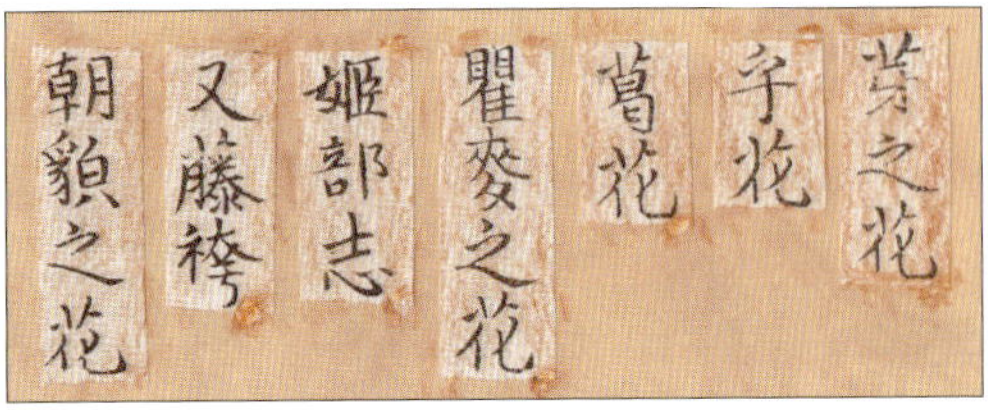

山上臣憶良《やまのうえのおみおくら》の、秋の野の花を詠みし歌二首

秋の野に咲きたる花を指《をよび》折りかき数《かぞ》ふれば七種《ななくさ》の花　その一（８―一五三七）

萩《はぎ》の花尾花《をばな》葛花《くずばな》なでしこが花をみなへしまた藤袴《ふぢばかま》朝顔《あさがほ》が花　その二（８―一五三八）

秋の野に咲いている花、その花を、こうして指を折って、ひとつひとつ数えてみると、七種《ななしゅ》の花がありますよ。（その一）

一つ、萩の花、二つ尾花、三つ葛花、四つに、なでしこの花、五つにをみなへし。また、六つ藤袴、七つ朝顔の花。これが秋の七種の花なのです。（その二）

「七種の花」の「七」は、「養老令《ようろうりょう》」雑令に年間の節日規程「七月七日」とあり、相撲会《すまひえ》・七夕会《たなばたえ》・乞巧奠《きこうでん》の宴が催された。その初秋七月七日の時と場にふさわしい歌であった。「その二」は、旋頭歌体（五七七五七七）で、口唱し、木簡に書いて回覧したのであろう。一座の人々は、この歌を復唱しながら、席にしつらえた秋の草花を、一つ一つ数えて、大合唱、拍手喝采の、まさにうたげの花であったろう。憶良の七夕歌十二首中に、養老六（七二二）年七月七日に皇太子（聖武《しょうむ》）の命により作った歌（８―一五一八）・神亀《じんき》元（七二四）年七月七日の夜に、左大臣（長屋王《ながやのおおきみ》）邸で作った歌（８―一五一九）がある。憶良が、養老五（七二一）年令侍東宮から神亀二（七二五）年筑前守となる間の七月七日の宴席で披露・愛誦されたか。

一首中に数種の物を詠み込む「物名歌」は「作歌の芸」の一つで、

梨棗《なしなつめ》黍《きみ》に粟《あは》次ぎ延《は》ふ葛《くず》の後《のち》にも逢はむ葵《あふひ》花咲く　（16―三八三四　作者未詳）

と植物六種に懸詞の技巧（憶良らが舶来し、当時の知識人たちの愛読した『遊仙窟《ゆうせんくつ》』の表現を踏まえた遊び）の歌もある。

（川上　富吉）

秋の七草

あさがほ
（キキョウ）

臥《こ》いまろび恋は死ぬともいちしろく色には出でじ朝顔が花

（10二二七四　作者未詳）

倒れ臥して転げ回るほど苦しみもだえて、恋のつらさのために死んでしまうとしてもはっきりと表に出すようなことはいたしません。朝顔の花のように。

自らの恋を人に知られてしまうよりも、恋に苦しみぬいた末に死んだ方がましだという発想は、『萬葉集』に多く見られ、類想歌に「隠《こも》りには恋ひて死ぬともみ園生《そのふ》の韓藍《からあゐ》の花の色に出《いで》めやも」（11二七八四）がある。ここでは韓藍（現在の鶏頭《けいとう》）の色の鮮やかさがはっきりと顔や態度に表れることの譬えとなっている。類想歌の韓藍と同様、歌われた花はその色の鮮やかさが歌われるように朝顔の色は目を惹くものであったと思われる。

たとえ恋に苦しんで死ぬとしても表情や態度にその苦しさを出さないという表現は次のようにも歌われ、

高山の岩もと激《たき》ち行く水の音には立てじ恋ひて死ぬとも　（11二七一八）

目につくもののみではなく、激しい音で耳に響いてくるものなどがたとえとして歌われる。

このようにはっきりとわかるように自らの思いがあらわれてしまうより恋の苦しさで死んだ方がよいと言う発想は平安時代の歌にも歌い継がれていくものであり、『古今和歌集《こきんわかしゅう》』では、「紅の色には出《い》でじ隠《かく》れ沼《ぬ》のしたにかよひて恋ひは死ぬとも」（13六六一）と紀友則は花を譬えにはしないものの「紅」という色で歌っている。

花は「キキョウ」。各地の山野・原野の日当たりの良い所に生える多年草。八・九月ころ青紫色の花を開く。

（浅野　則子）

あさがほ（キキョウ・ハギ）

あざさ（アサザ）

蜷《みな》の腸《わた》　か黒き髪に　ま木綿《ゆふ》もち　あざさ結《ゆ》ひ垂れ　大和の　黄楊《つげ》の小櫛《をぐし》を　押へ刺す　うらぐはし児　それぞ我《わ》が妻

（13三二九五　作者未詳）

蜷の腸のような黒髪に、木綿の緒であざさの花を結んで垂らし、大和の黄楊の小櫛を髪へ押え刺している可愛らしい娘、それが私の妻です。

『萬葉集』でアサザを詠んだ歌は掲出の一首のみ。この作者未詳長歌の省略をした前半部は「うちひさつ　三宅《みやけ》の原ゆ　ひた土に　足踏み貫《ぬ》き　夏草を　腰になづみ　いかなるや　人の児ゆゑぞ　通はすも我子《あご》」とある。つまり一首は「問答」形式である。三宅の原を通って、地べたを裸足《はだし》で踏みつけ、夏草に腰をからませ難渋して、恋人の許へと通う息子に、両親が「いったいどんな娘御《むすめご》ゆえに通っておいでなのだね」と尋ね、その父母の問いに息子が答えるというもの。長歌からは、当時の庶民の生活習慣や、妻問いの婚姻形態が知られて興味深い。農村の恋の趣がある。

その両親の問いかけに、息子が即座に「うらぐはし児」である私の妻は、と答えたところが一首の妙味であろう。「うらぐはし」は霊妙な美しさを表す。心にしみて美しく思われる、の意。山や海の景を讃える語であるが、「色ぐはし児」（10一九九九）のように、女性についても用いられる。当該歌では、うら若い妻の姿を「まっ黒な髪に木綿の緒で、あざさの花を髪飾りにして、大和の黄楊の櫛を押さえ刺している」と形容する。素朴で可愛らしい女性の姿を髣髴とさせる。

「あざさ」は、現在アサザと呼ばれるリンドウ科の多年生の水草をいう。池や沼地に生え、六月から八月にかけて、一見ウリの花にも似た鮮やかな黄色の花をつける。午前中に咲き夕方には花を閉じる一日花。

（竹尾　利夫）

あざさ（アサザ）

あしび（アセビ）

磯《いそ》の上《うへ》に生《お》ふるあしびを手折《たを》らめど見《み》すべき君がありといはなくに
（２—一六六　大来皇女《おほくひめみこ》）

磯のほとりに生えているあしびを折ろうと思うが、お見せしたいあなたはいない。
（あしびを採っても何の意味もない、あなたはいないのだから）

弟・大津皇子《おおつのみこ》が謀反罪で処刑される。その屍を二上山に移した時の歌。この歌の前に次の歌が載る。

うつそみの人なる我《われ》や明日《あす》よりは二上山《ふたがみやま》を弟《いろせ》と我《あ》が見む
（２—一六五　大来皇女）

二度と会えない弟。綺麗な花を渡すことも出来ない。

あしびの花の艶やかさを萬葉人は愛でた。「あしびなす栄えし君」（７—一一二八）、「咲きにほふあしびの花」（20四五一二）、「照るまでに咲けるあしび」（20四五一三）等。あしびは人知れず咲く。

我が背子に我《あ》が恋ふらくは奥山のあしびの花の今盛りなり
（10—一九〇三　作者未詳）

心密かに激しく想う状態を、奥山で人知れず華やかに咲くあしびの花に喩える。

あしびはツツジ科の常緑灌木。牛馬が葉を食べると麻痺するので「馬酔花」と標記する。葉茎の煎汁は駆虫剤になる。あしびは足痺《あししび》れとも。平安貴族の庭園に植えられることはなかったらしく、八代集《はちだいしゅう》には詠まれない。萬葉では、好ましくないが気になってしまう相手を「あしびの（花の）悪《あ》しからぬ君」（８—一四二八、10—一九二六）という。美しさと毒気とを兼ねた比喩である。

毒をもちつつも人知れず美しく咲くあしびの花は、謀反を犯して遠く二上山に葬られた弟（若く美しい大津皇子）を彷彿とさせる。

（飯泉　健司）

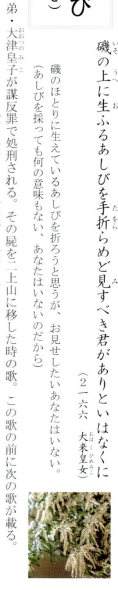

あしび（アセビ）

あぢさゐ（ヤマアジサイ）

あぢさゐの八重《やへ》咲くごとく八《や》つ代《よ》にをいませ我《わ》が背子《せこ》見つつ偲《しの》はむ
（20四四四八　橘　諸兄《たちばなのもろえ》）

あぢさゐの花が八重に咲くように、八代までも長く生きていらしてください、わが君。
あぢさゐの花を見る度にお偲びしましょう。

橘諸兄が宴の折に、あぢさゐの花にことよせて詠んだ歌。

あぢさゐは八重咲きではないが、小さな花の群れ咲くことをそう詠んだのだろうと諸注にある。そのあぢさゐの「八重」のように、「八つ代」まで長生きでいらしてください、わが君よ、花を見る度にお偲びしましょう、という相聞仕立ての歌である。

人をほめるのに、あぢさゐを以てするのは独創性が強い。あぢさゐを詠んだもう一首「言《こと》問《と》はぬ木すらあぢさゐ諸弟《もろと》らが練《ね》りのむらとに詐《あざむ》かれけり」（4七七三　大伴家持《おおとものやかもち》）は、現在もよく用いられるように、この花の特徴である花色の変化を人の心変わりに譬えたもので、あまり良い意味ではない。

鞠状で華やかな姿のアジサイがいつから栽培されたか、定かではない。原種はヤマアジサイともサワアジサイとも呼ばれ、中心部の細かな花の周りを四枚の萼が囲み花びらのように見える、清爽なすがたである。里山を歩いていて、山陰の小さな流れの傍らで思いがけずヤマアジサイの鮮やかな青紫に出会うと、ほっと心安らぐ。

『大和本草《やまとほんぞう》』には、「又花ヒトエナルアリ　山林ニアリ　枝ヲサシテモ活ク」とある。挿し木でよく根付いて増える生命力の強さも萬葉びとは知って、「八つ代にをいませ」と言祝いだのであろう。

（太田　真理）

あぢさゐ（ヤマアジサイ）

あづさ（キササゲ）

置《お》きていかば妹《いも》ばまかなし持ちてゆく梓《あづさ》の弓の弓束《ゆづか》にもがも

（14三五六七　防人《さきもり》の歌）

わが妻を故郷に置いて出征すれば愛《いと》しさで心が痛くなるだろう。いっそ梓の弓の弓束であってくれたらなぁ。（そうすれば携えて旅を共にすることができるのに。）

萬葉歌には三十首余に歌われているが全て「あづさゆみ」か「あづさのゆみ」とあって弓材として存在感を見せている。正倉院御物中にも「梓弓」（木名ヨグソミネバリ）があり、長さは人の背丈ほどで木肌が美しく磨き上げられている。わが国は古くから最適の弓材として用いていた。

兵部省の諸国器杖（延喜式《えんぎしき》）には諸国に武器調達の品目の指定があり「弓」は五十七国全てにわたっているが、とりわけ東国に対してはその数量が多い。適材が多く採れたのであろう。後世になっても、竹を素材にした日本の大弓が弦を張って矢をつがえる位置が弓の真ん中に無く、やや下方にあるのは梓の木の枝の反発力が本の方にあるための遺風と云われる。

宮廷では弓は衛士《えじ》の武器であると同時に夜の警護に弦《つる》をならす儀礼にも用いられた。弦の音が邪を払う威力を持つと考えられていたからである。

「梓弓」が「引く」「本《もと》」「末《すえ》」「張る＝春」のように弓の機能、部位に関わることばの枕詞となっているのは、弓の持つ呪的威力がことばにも及んでいるからであろう。

この防人の歌は、弓が兵士の必需携帯品であることを踏まえている。それゆえに愛《いと》しい妻を常に手放さない弓に代えて同行したいと願う。この妻への想いは弓に託してもなお余る。

（近藤　信義）

注（編者）キササゲは、『大和本草』による。

あづさ（キササゲ・ホトトギス）

あは（アワ）

ちはやぶる神の社《やしろ》しなかりせば春日《かすが》の野辺に粟蒔《あはま》かましを　（3四〇四　娘子《をとめ》）

恐れ多い神社がそこになかったなら、春日の野辺に粟を蒔きましょうものを。

足柄の箱根《はこね》の山に粟蒔《あはま》きて実《み》とはなれるをあはなくも怪《あや》し　（14三三六四　東歌《あづまうた》）

足柄の箱根の山に粟を蒔いて実ったというのに。私たちの恋は成就したのに、会わないのはおかしいことだ。

「あは」はイネ科。中国北部かインド北部から中央アジアを原産とし、縄文時代には日本に渡来した一年生草木で、五穀の一つ。うるちアワともちアワの二種がある。「あは」は種を蒔いて育成した実が注目され、また、「逢ふ」に通ずるアハの音に関心が向けられている。

「あは」は五首の歌がある。そこでは、「蒔く」こと「実る」ことから恋歌に用いられ、名称「あは」の音から恋人たちが「逢える逢えない」の不安な心情を表現する場面に用いられている。一首目は、粟を蒔くに「逢ハマク」の意味をかけている。二首目は東歌である。粟を蒔きその実が結実したとする表現によって、逢いたいと思っていてその思いは成就したはずなのにと、すねている。また、数種物詠による戯笑歌に「梨《なし》棗《なつめ》黍《きみ》に粟《あは》次ぎ延《は》ふ葛《くず》の後《のち》にも逢《あ》はむと葵《あふひ》花咲く」（16三八三四）（梨にナツメが続いて実り、黍《きみ》に粟が続いて実るように、続いて君に逢うことができ、延うクズのように後も「逢おう」と、アオイの花が咲いていることよ。）の数種の植物を詠んだ歌がある。梨・ナツメや黍《きみ》とともに粟を登場させその実ることから恋の成就を、粟のアハの音や葛と葵の花から末永く「逢はむ」とする相聞世界を展開させている。

（佐藤　隆）

あは（アワ・クロマイ）

あふち（センダン）

我妹子にあふちの花は散り過ぎず今咲けるごとありこせぬかも

（10一九七三　作者未詳）

我妹子に逢う――おうちの花は散ってしまわないで、今咲いているように、このままであってくれないかなぁ。

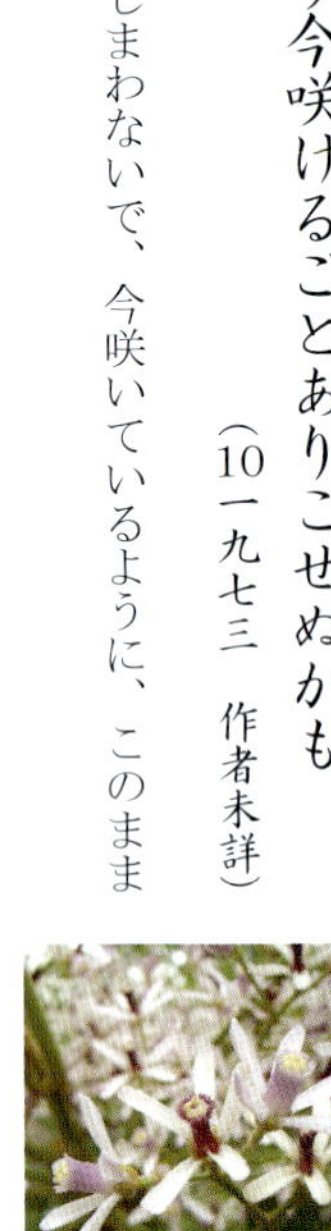

夏の花を詠んだ雑歌の一首。「あふち（おうち）」はセンダンの古名で、初夏に淡い紫色の花が咲く。『萬葉集』に四首あるうちの原文には「阿布知」「安布知」「安不知」「相市」とあり、いずれも「あふち」とよめる。『和名抄《わみょうしょう》』において「楝」の字があてられた。いわゆる「栴檀は双葉より芳し」のセンダンは、ビャクダン（白檀）のことであり、ここでいう「あふち」とは異なる植物である。また、「あふち」に「樗」の字をあてる場合もあるが、『和名抄』では「樗」はヌルデとされている。『平家物語《へいけものがたり》』に「獄門のあふちの木」とあるように、後世には梟首の木として縁起が悪いとされたようだが、この「あふち」はセンダンではなくヌルデであったともいう。

古代においては、センダンはむしろ縁起物として歌に詠まれている。

玉に貫く楝を家に植ゑたらば山ほととぎす離《か》れず来むかも

（17三九一〇　大伴書持《おおとものふみもち》）

この歌は、ホトトギスを詠む二首のうちの一首であるが、センダンの花を糸に通して薬玉とした様子がうかがえる。薬玉は邪気を払うもので、五月五日の端午の節句に用いた。現在はこどもの日となっているが、本来は中国伝来の宮廷行事であり、薬となる動植物などを集める薬猟が行われた。センダンの実は「楝実」として『神農本草経《しんのうほんぞうきょう》』にも登場する。「苦楝子」ともいい、含まれる苦み成分に駆虫作用があるとされる。

（井上　さやか）

あふち（センダン）

あやめぐさ（ショウブ）

ほととぎす厭《いと》ふ時なしあやめ草《ぐさ》かづらにせむ日こゆ鳴き渡れ

（18四〇三五　田辺福麻呂《たなべのさきまろ》）

ホトトギスは、いつ聞いても嫌な時などない。しかし、あやめ草を縵にする日だけはここを鳴いて渡っておくれ。

天平《てんぴょう》二十（七四八）年三月二十三日、橘諸兄《たちばなのもろえ》の使者として越中にやってきた田辺福麻呂を歓迎する大《おお》伴家持《とものやかもち》主催の宴席で、福麻呂が自作とともに発表した古歌で、すでに巻十に収められている歌である（10一九五五）。福麻呂が「かづらにせむ日」と歌っている日は、五月五日のことである。「あやめ草」は現在のショウブのことで、強い香気がある。この香気が邪気を払うと考えられて、五月五日の「端午」の日には、頭に巻いたり、浴湯に入れたり、また、

……卯の花の　咲く月立てば　めづらしく　鳴くほととぎす　あやめ草《ぐさ》　玉貫《ぬ》くまでに……

（18四〇八九　大伴家持）

と歌われているように、沈香《じんこう》・丁子《ちょうじ》などの香料を玉にして錦《にしき》の袋に入れ、ショウブなどの造花や五色の糸で飾った薬玉《くすだま》にしたりなど、「端午」には欠かさないものとして珍重されていた。

さらに、『萬葉集』でもっとも多くの歌に歌われているホトトギスの飛来時季と重なっていることもあって、とくに奈良時代あたりになると、あやめ草はホトトギスとともに歌われるようになり、時代は下るが、

ほととぎす鳴くや五月《さつき》のあやめ草あやめも知らぬ恋もするかな

（『古今和歌集《こきんわかしゅう》』「恋歌一」11四六九）

という歌などがきっかけとなって、あやめ草とホトトギスの組み合わせが定着することとなる。

（新谷　秀夫）

あやめぐさ（ショウブ）

いちし（ギシギシ）

道の辺のいちしの花のいちしろく人皆知りぬ我が恋妻は　或る本の歌に曰く「いちしろく人知りにけり継ぎてし思へば」（11二四八〇　柿本人麻呂歌集《かきのもとのひとまろかしゅう》）

道ばたのいちしの花のように、はっきりと人は皆知ってしまった。私の恋妻を（はっきりと人は知ってしまった。ずっと思い続けていたので）

「我が恋妻は」と言い切って、人に知られてしまった衝撃を印象づける本文歌にたいして、或本歌はやや理がまさっている。「恋妻」は、公にされた妻のことを言うのではなく、心の内に密かに思う相手であろう。本文歌は、第四句「人皆知りぬ」は、他にあまりない表現である。誰かに知られてしまったということではなく、「皆」に知られてしまったということが強められ特徴的である。

「いちし」が何の花を指すのか定説はない。諸説あるが牧野富太郎説でヒガンバナとされて以降、その説をとる注釈書も多い。また、「いちしろく」の上に来る景物は、白との音の重なりから「白波」や「雪」など白いものが多く、その点を考慮して白い花を想定し、クサイチゴやエゴノキ説もある。ただし「いちしろく」は、「灼然」と表記されて、「はっきりと」「顕著に」などの意味で必ず白に結びつくものではない。「道の辺の」を重視すると日本全国に分布し、道ばたや水辺に自生するギシギシ説も捨てがたい。また、どこにも群生するギシギシは、「人皆」の「皆」とも響きあう。この歌は『萬葉集』の中では寄物陳思歌に分類され、二四六五番の歌から順に、草、菅、稗、葛など、草の類の植物が使われた群にある。歌には「花」と詠むものの、草として認識できるギシギシが歌の並びとしては自然である。ギシギシは、スイバと同じタデ科の多年草。緑色で小さい花を輪生させる。また、「いちし」がスイバとの総称とすれば、五月頃赤く色づく。

（清水　明美）

いちし（ギシギシ）

うけら
（オケラ）

恋しけば袖も振らむを武蔵野のうけらが花の色に出なゆめ

（14三三七六　東歌《あずまうた》）

恋しくなったら袖だって振ろうものを。武蔵野のうけらの花のように、恋心を表に出したりしてはいけないよ。決して。

「うけら」は一般に、オケラ（白朮）の東国方言だとされる。山野に自生するキク科の多年生草本オオバナオケラとする説が有力である。健胃薬として利用されたが、現在でも屠蘇散に含まれると言う。『萬葉集』中に四例見られるが、巻十四・東歌以外の用例はない。しかも、国名の判明する歌は武蔵国のみ。右を含め、四例中の三例を占める。「うけら」とは、武蔵国一帯の方言だった可能性もあろう。

袖を振るのは、招魂の呪術。魂を呼び寄せようとする行為である。恋歌の中にも多くの事例があり、額田《ぬかたの》王《おおきみ》が蒲生野で「野守は見ずや君が袖振る」（1二〇）と詠んだのがよく知られる。その場合は、求愛の表現だと見なければならない。「色に出づ」も、恋歌に類型が多い。恋心を表に出すことを言うが、この歌のように否定形で使用するのが普通である。『萬葉集』中の恋の障碍の典型は、「人目」と「人言」。つまり、恋心を表に出して人に知られてしまうと、恋の成就を妨げることになるのだ。

「色に出なゆめ」と諭しているのは、おそらく男であろう。人がとやかく言ったら、自分が矢面に立とうと言うのだ。一方、目立った行動を取ろうとする男をたしなめる女の歌だとする注もある。どちらとも理解できる歌だが、『萬葉集』の作者未詳歌はさまざまな場で披露された歌の集積であると考えられる。地名と植物名を入れ替えれば、その場にふさわしい恋の歌が生まれるのだ。

（梶川　信行）

うけら（オケラ）

うのはな（ウツギ）

うぐひすの通ふ垣根の卯の花の憂きことあれや君が来まさぬ

（10一九八八　作者未詳）

鶯《うぐいす》が通ってくる垣根の卯の花ではないが、「卯の花」の「ウ」と同音の憂きこと（おもしろくないこと）があってでしょうか、あの方が通っていらっしゃらないよ。

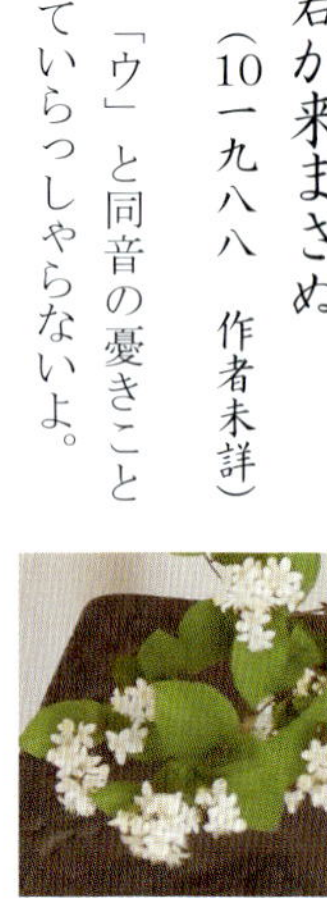

「花に寄せる」という題に含まれる歌。「卯の花」（ウツギ）は山野に自生する落葉灌木で、五、六月ころに五弁の白い花が咲く。初夏を代表する景物の一つ。一九八八は上三句が序詞になり、「うぐひす」「卯の花」の「ウ」から同音の「憂き（本文は「厭」の字を充てる）こと」を導いている。鶯が垣根のすき間を通って往来していることに、「男自身そこより出入りしたことを絡ませたもの」という説（窪田空穂『萬葉集評釋』）がある。上の句では卯の花のもつ爽やかな印象が、その花の咲く垣根を通ってくる男の姿に重なっているが、下の句では一転して同音「ウ」から「憂きこと」という男の「厭」な気分が推測されている。同音の「ウ」を重ねることで、男が通っていた当時から、現在への時間とそこに関わる気分の推移とが一つの流れの中に捉えられている。

「卯の花」は『萬葉集』中で、そのほとんどがホトトギスと共に歌われることが多い。次は類歌。

ほととぎす鳴く尾の上の卯の花の憂きことあれや君が来まさぬ　（9一五〇一）

また、同音の「ウ」から「憂き」を導く手法は好まれたようで、『古今和歌集《こきんわかしゅう》』にも類歌が見える。

友だちの久しうまで来ざりけるもとに、よみて遣はしける　躬恒《みつね》（凡河内《おおしこうち》躬恒）

水の面《おも》におふる五《さ》月の浮草のうきことあれやねを絶えて来ぬ　（18九七六）

（平舘　英子）

うのはな（ウツギ）

うまら
（ノイバラ）

道の辺《へ》の茨《うまら》の末《うれ》に延《は》ほ豆のからまる君をはがれか行かむ

（20四三五二　上総国天羽郡《かみつふさのくにあまはのこおり》の防人《さきもり》の丈部鳥《はせつかべのとり》）

道端のノイバラの枝先にからみつく豆のツルのように、まとわりつく君を無理矢理引き離して別れ行くのだろうか。

作者の名は鳥。防人の任務のため遠く九州へ旅立つ時の歌である。現在の千葉県富津市南部に住んでいた。

「延《は》ほ」は「延ふ」の訛りで、「豆」はからみつくことや、道端や野原など身近に生えている特性から、ダイズの原種とされるツルマメと言われている。上句全体で、からみつく様子を導き出す比喩の序となっている。防人として旅立つ鳥に、蔓植物のようにからみついて離れない「君」とは誰なのか。妻とするのが素直な解釈であるが、防人歌には妻を「君」と詠んだ例がないので、鳥が仕えた家主の息子とするのが一般的。都から遠く離れた東国の片田舎で、年端のゆかない若君が、身分の垣根を越え使用人を慕って泣きながらしがみつく姿は、道の辺にひっそりと咲くノイバラの棘《とげ》のように、切なく我々の心にも突き刺さる。

ノイバラは、バラ科の落葉性のつる性低木。沖縄以外の日本各地の山野に多く自生する。ノバラ（野薔薇）とも。枝の端に白色またはうすいピンク色の花をつける。赤い実は「営実《えいじつ》」と呼ばれる漢方薬で下剤として使われる。

次のノイバラを詠んだ歌は、尾籠《びろう》なのであえて解釈は控えるが、萬葉びとはノイバラの実の生薬としての特性を知っていたのかもしれない。

からたちの茨《うばら》刈り除《そ》け倉建てむ屎《くそ》遠くまれ櫛《くし》造る刀自《とじ》

（16三八三二）

（田中　夏陽子）

うまら（ノイバラ）

うめ（ハクバイ）

正月《むつき》立ち春の来らばかくしこそ梅を招きつつ楽しき終へめ

（5八一五　紀男人《きのおひと》）

正月になり春が来たなら、こうやって毎年梅を招待して楽しさを極めましょう。

この歌は、天平《てんぴょう》二（七三〇）年一月一三日に大宰帥の邸で行われた梅花の宴で詠まれた一首。大宰府の首席次官である紀男人が、宴の挨拶歌として詠んだ。旧暦では、一月から三月は春にあたる。つまり、この時代の正月は春と共に訪れる。と同時に、梅の花が咲く時期とも重なる。そこで、「梅」を主客にして宴席を開催したのだ。「かくしこそ」は動作を伴う表現である。眼前にある「梅」を実際に指し示している。「梅を招き」は「梅」を主客として招待したことを示す。この宴席の主人は、大宰帥である大伴旅人《おおとものたびと》。彼の邸宅の庭には「梅」が植えられていた。その「梅」を手で指し示しながら、歓を尽くして楽しみましょう、と会の始まりを告げている一首である。その後、主人と、大宰府で働く役人らによる歌々が三一首続く。『萬葉集』中の梅の歌は、一二一首。春の花の中では最多である。現代では春の花といえば桜だが、『萬葉集』ではむしろ梅の方が多い。梅は当時、日本へ渡ってきたばかりだったが、貴族たちに珍重された。

一方、冬の景物である雪とともに詠まれた例も多くみられる。

梅の花降り覆ふ雪を裹《つつ》み持ち君に見せむと取れば消につつ

（10一八三三　作者未詳）

梅の花を覆うように雪が降ったので、あなたに見せようと手に取ったら、雪が消えてしまったという。暦の上では春だが、まだ完全には春ではない状態である。

（野口　恵子）

うめ（ハクバイ）

うも（サトイモ）

蓮葉《はちすば》はかくこそあるもの意吉麻呂《おきまろ》が家なるものは芋《うも》の葉にあらし
（16三八二六　長意吉麻呂《ながのおきまろ》）

蓮葉とはこんなに見事なものなのですね。そうだとすると、わたくし、意吉麻呂めの家にあるのは、蓮葉ならぬ芋の葉っぱなのですね。

題詞に「荷葉《はちすのは》を詠む歌」とある。見事な蓮葉を見るに及んで、我が家の蓮葉の貧弱さを貶《おとし》めて、「芋の葉だ」と詠んだ歌である。ただ、長意吉麻呂が当代随一の、即興、戯笑を得意とする歌人であることを思えば、この歌には裏の意味があるとみる必要があるし、そのように読んで、ニヤリとしてこそ、意吉麻呂の本領を理解したことになる。

「蓮《レン》」は「恋《レン》」に通じ、また「蓮葉に溜《た》まれる水の玉に似る見む」（16三八三七）と蓮葉に溜まった水を、玉と讃えていることからしても、美しい女性を想わせる。とすれば、意吉麻呂の家の「芋《イモ》」の葉は、意吉麻呂家の「妹《イモ》」ということになろう。

蓮葉の水を玉に譬えた三八三七番歌の左注に「ここに餞食《せんし》これを盛るに皆荷葉を用ゐ、諸人酒酣《たけなは》にして歌儛駱駅《かぶらくえき》たりき」とあって、酒宴のご馳走が蓮葉に盛られていることからすると、この意吉麻呂歌も、酒宴の場の蓮を素材にして詠まれた、即興の戯笑歌であったのであろう。

なお、『古今和歌集《こきんわかしゅう》』では「はちす葉のにごりに染《し》まぬ心もてなにかは露を珠《たま》とあざむく」（3一六五　僧正遍昭《へんじょう》）と詠まれ、蓮葉が諫められている。やはり意吉麻呂家の芋葉が素朴純心で最高というべきか。

芋は里芋をいう。里芋の葉と、蓮の葉は形状が似ている。

（村瀬　憲夫）

うも（サトイモ）

おほゐぐさ（フトイ）

上つ毛野伊奈良の沼の大藺草《おほゐぐさ》外に見しよは今こそまされ　柿本朝臣人《かきのもとあそみひと》
麻呂歌集《まろかしゅう》出也　（14三四一七　東歌《あずまうた》）

上つ毛野のいならの沼の大藺草を遠目に見るように、妹をよそながら見ていた時よりは今付き合っている時の方が恋い思う気持ちが増してくるよ。

「おほゐぐさ」とは「フトイ」のこと。沼池に群生し、太さ一センチメートル弱、高さは二メールばかりある。筵の材料となる。歌は東歌の一首で上野国のもの。人麻呂歌集所出と脚注にあるが未詳。いならの沼というのも所在未詳。一説に群馬県邑楽郡坂倉町の沼とする。

「おほゐぐさ」までが「外」を引き出す序詞である。沼地に生える「おほゐぐさ」はことさら近づいては見ず遠目に見ることからの序であるが、伊藤博『萬葉集釋注』は、「おほゐぐさ」は、筵にして身近に視ると生えていた時よりも立派になることからの連想であるとする。東歌であることを考慮すると作者は実際に編む経験があり、伊藤博氏の考えが実態に近いのかも知れない。

あこがれていた人と付き合い出すと身近な存在となり、離れていることが苦しくなることが恋の実態である。恋歌は会っている時よりも離れている時に歌われているものが圧倒的に多い。恋とは「乞ふ」ものであり、相手の魂を乞うことであると言った折口信夫の説明は当たっている。

しかし一方で、「おほゐぐさ」を村の共同作業で刈り取っている時の歌であるのかも知れない。そうだとすると今まで遠目に見ていたあこがれの女性が刈り取り作業の中で間近に見て、より一層思いがかき立てられている気持ちを歌っているとも理解出来る。

（吉村　誠）

おほゐぐさ（フトイ・カノコソウ・ミズヒキソウ）

おもゐぐさ（ナンバンギセル）

道の辺の尾花《をばな》が下の思ひ草今さらさらに何か思はむ
（10二二七〇　作者未詳）

道のほとりの尾花の下の思い草のように今更なんで思い悩んだりしましょうか。

「思ひ草」は序の一部分として詠まれる。ほかに同じ使い方をした例はない。序は、今の自分の思いへと続いていく。「今さらさらに」と、今の心を強調し「何をか思はむ」と反語表現で自らの思いを確認している。心にわき起こる不安を追いやり、自ら決めた方向に突き進もうという宣言をしているかのような強い決意の歌である。

こうなった今という時の歌は安倍女郎《あべのいらつめ》の、

今更に何をか思はむうちなびき心は君に寄りにしものを
（4五〇五）

というものがある。二首の歌を並べてみた時、強い決意を詠んでいることは同じであるものの、この歌が心の片隅に不安を抱いているであろうことを想像させるのはこの「思ひ草」という言葉のためである。草むらのなかでひっそりと咲くその花は、歌の言葉の強さに反して心中からぬぐい去ることのできない不安な思いを詠んでいるかのようである。このアンバランスが歌の心情に奥行きを与えているといえる。

花は「ナンバンギセル」。寄生植物でこの歌に詠まれる尾花（ススキ）など主にイネ科の単子葉植物の根に寄生する。秋に淡い紅紫色の花が咲く。「思ひ草」の名は下を向いてうつむいているような姿で咲くためにつけられたものであろう。

（浅野　則子）

おもゐぐさ（ナンバンギセル）

◇◆柿（かき・ヤマガキ）◆◇

幼《をさな》き年《とし》に未《いま》だ山柿《さんし》の門《もん》に逕《いた》らず、裁歌《さいか》の趣《おもむき》は詞《ことば》を聚林《じゆりん》に失《うしな》ふ。　　（17三九六九　前文）

山柿《さんし》の歌泉《かせん》もこれに比《たくら》ぶれば蔑《な》きが如《ごと》く、彫竜《てうりゆう》の筆海《ひつかい》も粲然《さんぜん》として看《み》ること得《え》たり。　　（17三九七三　前文）

山野に自生し、果樹として広く栽培され、生柿・干柿が、神饌・饗宴に供されたことは、「延喜式《えんぎしき》」大膳・雑給料に見える。その柿は、『萬葉集』に登場しない。ただ、越中守大伴家持《おおとものやかもち》と掾大伴池主《いけぬし》との作歌をめぐる相聞往来の書簡に「幼い時に山柿の門に学ばなかったので、歌を作る際に、よい言葉を多くの歌の林の中に見失ってしまうのです」（天平《てんぴよう》十九（七四七）年三月三日、家持）・「山柿の歌の泉もこれに比べたらなきが如くで、技巧を凝らした言葉の海も、輝くばかりに見えます」（三月四日、池主）とある「山柿」は、弘仁《こうにん》六（八一五）年成立の古代の氏の系譜書『新撰姓氏録《しんせんしようじろく》』（大和国皇別）に、

敏達《びだつ》天皇の御世《みよ》、家《いへ》の門《かど》に柿《かき》の樹《き》有《あ》るに依《よ》りて、柿本臣《かきのもとのおみ》といふ氏《うぢ》と為《な》れり。

とあって、持統《じとう》・文武《もんむ》朝に宮廷歌人として活躍した柿本人麻呂《かきのもとひとまろ》ひとりを称したとも考えられる。延喜五（九〇五）年成立の最初の勅撰和歌集『古今集《こきんしゅう》』序に、柿本人麻呂と山部赤人《やまべのあかひと》を「歌仙歌聖」と並称され、元永《げんえい》元（一一一八）年、藤原顕季《あきすえ》「柿本人麻呂影供記《えいぐき》」以来、人麻呂を礼拝の対象として神格化し、歌壇一般に流行、柿本講式として普及した。

『古今集《こきんしゅう》』物名に「やまがきの木」と題して、

秋は来ぬ今や籬《まがき》のきり〳〵す夜な〳〵鳴かむ風の寒《さむ》さに

（10四三二　よみ人しらず）

とあるのみで、江戸期に入って俳諧に多く詠まれるようになる。「山柿」は、豆柿、実が小さい。

人麻呂作歌、長短歌合計八十九首、「柿本人麻呂歌集」歌三七〇首。その中、人麻呂の名花は「浜木綿《はまゆふ》」（4四九六）・「いちし」（11二四八〇）の二種である。

（川上　富吉）

柿（かき・ヤマガキ）

かきつばた（カキツバタ）

かきつはた衣《きぬ》に摺り付けますらをの着襲《きそ》ひ狩する月は来にけり

（17三九二一　大伴家持《おおとものやかもち》）

かきつばたを衣に摺りつけ染めて、ますらおたちが着飾って狩をする、その月がやってきたことだ。

天平《てんぴょう》十六（七四四）年四月に、大伴家持が奈良の旧宅にひとり居て詠んだ歌とある。天平十二（七四〇）年以降、聖《しょう》武《む》天皇は伊勢・伊賀・美濃・近江を巡った後に恭仁京に至り、この年の二月には難波宮を皇都とした。天平十七（七四五）年五月に都を平城京に戻したが、その間、五位以上の者は平城への居住が禁じられるなどしていた。そのような状況下で、ひとり平城京の旧宅に居て、宮廷の男達が華やかにつどう五月五日の薬猟の様子を想像して詠んだ歌であると思うと、きらびやかな宮廷行事とのギャップがおもしろい。

『萬葉集』に「かきつばた」は七例詠まれている。水湿地に広く分布するカキツバタであるとされる。アヤメとカキツバタとショウブの花はよく似ているが、アヤメは草原に生えるがカキツバタは水辺に生える、など生態に違いがあり、区別できるという。現在通用している漢名の「杜若」「燕子花」はいずれも後世にあてられた文字で、それらの漢籍での描写と『萬葉集』などに登場するカキツバタの特徴は合致しないことから、漢名をあてることで、まったく別の植物の情報が交錯していったと考えられている。

カキツバタの花は摺り染めに用いられたらしく、家持の歌でもそうした様子が詠まれている。濃い紫色の花色は目にも鮮やかだが、その色素は水溶性で不安定であり、衣に直接摺り付けるだけの手軽な摺り染めが可能である反面、色は長持ちしない。花が咲く時期限定のおしゃれであったことだろう。

（井上　さやか）

かきつばた（カキツバタ）

かたかご（カタクリ）

もののふの八十《やそ》をとめらが汲《く》みまがふ寺井《てらゐ》の上《うへ》の堅香子《かたかご》の花
（19四一四三　大伴家持《おおとものやかもち》）

たくさんの乙女たちが入り乱れて水を汲んでいる、寺の井のほとりのカタクリの花。

『萬葉集』十九巻の巻頭には、越中の春の光景を歌い上げた大伴家持の秀歌が並ぶ。このかたかごの歌は、そのうちの一首である。この時家持は、越中国守《えっちゅうこくしゅ》（今の富山県知事相当の職）で、奈良の都から赴任して四度目の春、三十三歳だった。今の感覚からすれば年若い首長である。中央のエリート官僚が、若いうちに地方勤務させられるようなものだったのかもしれない。五年間の任期中、前半は単身赴任だったが、後半にあたる前年秋から妻と共に赴任していた。そんな彼が、長くて雪深い冬を終え、妻と二人で迎えた越中の春。その美しさは格別であったのだろう。

ところで「かたかご」とは早春に咲くカタクリのこと。かつてはこの鱗茎《りんけい》を使って片栗粉が作られていた。若葉や茎・花は、山菜として食用される。二〇一〇年の歌会始で秋篠宮妃の紀子様が詠まれた「早春の　光さやけく　木々の間に　咲きそめにける　かたかごの花」という素敵なかたかごの歌のように、日の光が「さやけく」差し込むような林や森に群生する。

だが、この花、家持のこの歌以外、八代集《はちだいしゅう》にも詠まれていない。しかし、この花の乙女のような可憐な美しさは、そうそう捨てておけるものではない。富山県高岡市の人々の活動が実って、三百五十円切手のデザインにも使用されている。

（田中　夏陽子）

かたかご（カタクリ）

かつら
（カツラ）

向つ峰《を》の若楓《かつら》の木下枝《しづえ》取り花待つい間に嘆きつるかも
（7一三五九　作者未詳）

向かいの峰の若いかつらの木よ。その下枝を取って花の咲くのを待つ間に、ため息をついたことよ。

かつらの木に寄せて作られた譬喩歌である。

かつらは、落葉高木。日本全土に分布し、多湿な谷間や川沿いによく育ち、二十メートルを超す大木になる。早春に、葉が出る前に淡紅色の小さな花を密につける。葉は丸い心臓型をして、若葉も黄葉も美しい。葉を乾燥し、粉末にしたものは抹香や線香の材料とする。材は、木目が美しく狂いが少ないので、家具や楽器・碁盤など工芸品に用いる。

集中、かつらを歌う四首は、

天の海に月の船浮け桂楫かけてこぐ見ゆ月人壮士《をとこ》
（10二二二三　作者未詳）

の一首が「桂」の字を用い、他の三首は「楓」とある。「楓」をかつらと訓むことは、『新撰字鏡《しんせんじきょう》』や『本草和名《ほんぞうわみょう》』などに載るが、『和名抄《わみょうしょう》』では「桂」をメカツラ・ヲカツラと訓み分けている。メカツラが常緑樹「桂」に相当し、ヲカツラが落葉樹「楓」に当たる。

古代中国思想では、月の中に巨大な桂の木があると信じられて、湯原王《ゆはらのおおきみ》の一首（4六三二）、作者未詳の一首（10二二〇二）も『懐風藻《かいふうそう》』に載《の》せる文武《もんむ》天皇「詠月」（一五）の一絶も、その影響下に作られたことを示していて興味深い。

（露木　悟義）

かつら（カツラ）

かはやなぎ（カワヤナギ）

山のまに雪は降りつつしかすがにこの河楊《かはやぎ》は萌《も》えにけるかも

（10一八四八　作者未詳）

遠くの山の間に雪が降り積もっています。にもかかわらずこちらの川辺のカワヤナギは芽を膨らましていることとですよ。

『萬葉集』巻十の編纂は春夏秋冬を雑歌と相聞に分け、さらに四季それぞれの景物を掲げてまとめるという方法を採っている。四季分類は巻八にも見られるが「詠（物）」として景物を小見出しにしたところが新しい。ここで取り上げた歌は春の雑歌の「詠柳」の八首で、その用字をみると「柳」と「楊」があり、これは文字通り、「柳」は枝垂れ柳であり、「楊」はいわゆるネコヤナギであってカハヤナギが古名である。いずれにしてもヤナギの芽吹きの膨らみは春の訪れを感じさせる柔らかな景である。

この歌の次なる歌はやや不思議に思えることがある。

山のまの雪は消《け》ざるをみなぎらふ川の沿《そ》ひには萌《も》え（目生）にけるかも

（10一八四九）

この歌には「詠物」に当たるモノが歌詞に無い。にもかかわらず「詠柳」の一首として位置づけられている。並んでいる二首を良く読んでみると歌の構想もよく似ており、上二句は遠景、それを逆接的に受けて下の二句は近景の表出となっている。そうした様式を踏まえた上であらためてみるとこの歌にはなにが「萌え」であるのかその主体がないのだがそれが「河楊」であることは前歌があることによって了解される。おそらく原資料の段階から二首一体だったのだろう。めずらしい組み合わせである。それにしても「萌え」を「目生」とした萬葉仮名は面白い。「目生＝メバエ」は「萌え」の原義を思わせる。

（近藤　信義）

かはやなぎ（カワヤナギ・ユキワリソウ）

かへるで（カエデ）

我がやどにもみつかへるで見るごとに妹をかけつつ恋ひぬ日はなし

（8一六二三　大伴田村大嬢《おおとものたむらのおおいらつめ》）

私の家の庭で色づいたかえでを見るたびに、あなたを心にかけて恋しく思わない日はありません。

大伴田村大嬢が、異母妹の坂上大嬢《さかのうえの》への親愛の情を、紅葉した「かへるで」に寄せて詠んだ一首である。「かへるで」は、カエデの古い呼び名で、葉の先が五〜七に裂け、蛙の手に似ていることから名づけられた。『新撰字鏡《しんせんじきょう》』に「鶏冠樹　加戸天」、『和名抄《わみょうしょう》』に「鶏頭樹　加比流提乃岐」とある。カエデは「もみつ」（紅葉）するイロハモミジ・オオモミジなどの総称である。また、

子持山若かへるでのもみつまで寝もと我は思ふ汝はあどか思ふ　（14三四九四　東歌《あずまうた》）

と、カエデの若葉の春から紅葉する秋まで、自分は一緒に寝ていたいがどうだと、男が女に問う。結ばれた喜びと、その喜びの永続を願う心情の歌である。全国に自生するカエデは、東国でもなじみ深い植物であったことをこの東歌が示している。

『萬葉集』では「萩の下葉はもみちぬるかも」（8一五七五　作者未詳）、「月人の楓《かつら》の枝の色づく」（10二二〇二　作者未詳）と、「萩」や「楓」などの紅葉も詠んでいる。

紅葉した木々は、

このしぐれいたくな降りそ我妹子に見せむがために黄葉取りてむ　（19四二二二　久米広縄《くめのひろなわ》）

と歌われるように、愛しい人とともに見たい秋の景物でもあった。

（倉住　薫）

かへるで（カエデ）

かほばな
（ヒルガオ）

高円《たかまと》の野辺の容花《かほばな》面影に見えつつ妹は忘れかねつも

（8一六三〇　大伴家持《おおとものやかもち》）

高円の野辺の容花のように、面影が頭から離れずに見え続けて、忘れられないことだ。

大伴家持が大伴坂上大嬢《さかのうえのおおいらつめ》に贈った長歌の反歌である。巻八「秋相聞」に収録されているが、その配列などからすれば、天平《てんぴょう》十二（七四〇）年秋の歌であろう。内舎人（官僚見習い。名家の子弟が天皇の雑役・警備にあたった）の時代、二十代の若い家持の作である。任官前、すなわち青春時代には多くの女性と恋の歌を交したが、この時期以後は、正妻となった坂上大嬢との贈答歌が中心となる。

高円山（標高四三二メートル）は、平城京の東側にその穏やかな姿が見える。戦後のことだが、八月十五日には大文字の送り火も行なわれている。「高円の野辺」とは、その山裾。天平勝宝《てんぴょうしょうほう》五（七五三）年八月、家持は気心の知れた人たちと、そこに「壷酒」を携えて出掛け、歌を詠み交わしたこともあった。平城京の人たちにとっては、格好の行楽の場だったのであろう。

「容花」がどの植物かということについては諸説があり、通説と言うべきものはない。しかし、ここではヒルガオ科の多年生草本ヒルガオとする説に従っておく。蔓性の植物で、直径五センチほどの紅紫色の花をつける。煎じて飲めば、糖尿病、膀胱炎などに効くと言う。しかし、歌に詠まれたのは生薬としてのヒルガオではない。「妹」の「面影」が浮かぶ「容花」である。その可憐で美しい花が「妹」の顔と重なるのだ。家持は大嬢を「なでしこ」にも譬えているが、女性の顔はやはり、花に譬えるべきものなのであろう。

（梶川　信行）

かほばな（ヒルガオ）

からあゐ（ケイトウ）

我がやどに韓藍《からあゐ》蒔《ま》き生し枯れぬれど懲りずてまたも蒔かむとそ思ふ
（3三八四　山部赤人《やまべのあかひと》）

我が家の庭前に植えて育てたケイトウは枯れてしまったけれど、懲りずにまた種をまいてみようと思う。

雑歌に分類されているが、作歌背景はわかっていない。『萬葉集』中四例のうち、

秋さらば移しもせむと我が蒔きし韓藍の花を誰か摘みけむ　（7一三六二　作者未詳）

では、庭に蒔いたケイトウを「大事に思っていた女性」の寓意としている。当時、外来種として珍重されており、観賞用としても栽培されていたこともうかがえる。

この歌には、「一度は手に入れた美しい女との恋は終わってしまったけれども、また恋をしようと思う」という意味か、あるいは同じ女性に対して、「終わりかけた恋であるが、もう一度最初からやり直したいと思う」という意味か、いずれかの寓意を認めるべきだろう。雑歌の分類を尊重し、宴席などの場で披露されたものと考え、ケイトウが一年草で毎年枯れてはまた生えることを詠んでいるとすれば、やや自嘲を含んだ戯笑歌として前者の解釈ができよう。背景が不明の恋歌とすれば後者の解釈となる。

からあゐの例はほかに、

恋ふる日の日長くしあれば我が園の韓藍の花の色に出でにけり　（10二二七八　作者未詳）

隠《こも》りには恋ひて死ぬともみ園生《そのふ》の韓藍の花の色に出でめやも　（11二七八四　作者未詳）

があり、いずれも花の色の鮮やかさに着目した歌いぶりと言える。からあゐは韓からきた藍の意味で染料に使われていた。

（清水　明美）

からあゐ（ケイトウ）

からたち（カラタチ）

からたちの茨《うばら》刈り除《そ》け倉《くら》建《た》てむ屎《くそ》遠《とほ》くまれ櫛《くし》造る刀自《とじ》
（16三八三二　作者未詳）

からたちのいばらを刈り除いて、倉を建てるのだ。屎は遠くに行ってせい、櫛造りのおばちゃんよ。

ミカン科の落葉低木であるカラタチは古く日本に渡来した。春に五弁の白い花をつけ、秋には黄色の丸い実をつける。これは「枳殻《きこく》」と呼ばれ、漢方薬となる。

『萬葉集』には標記の一例がみられるが、題詞に「数種の物を詠む歌」とあるように、物の名をいくつも詠み込んだ戯笑歌である。眼前の景物や、衆人から募った歌材を即興的にまとめる技を競った歌は、おそらく宴席などでうたわれたものであろう。

「からたちのいばらを刈って倉を建てるから、遠くへ行って用を足してくれ」と「刀自」にうたいかける一首の内容からも聞く人の笑いを誘う様子がうかがえる。また、「からたち・うばら・くら」「くら・くそ・くし」、といった同音反復による音感的効果をねらった表現も滑稽味を助長しているようだ。

『枕草子《まくらのそうし》』の「名おそろしきもの」の段に「がうとう（強盗）、いきすだま（生霊）、おにわらび」などと並んで数え上げられていることからも察することができるように、からたちは古典文学において刺のあるうとましい植物として敬遠されていたらしく、歌材としてもほとんど顧みられていない。

北原白秋の作詩による「からたちの花」（大正一三年）が世にでて、美化され、再評価された。

（城﨑　陽子）

からたち（カラタチ）

くず
（クズ）

ま葛延ふ夏野の繁くかく恋ひばまこと我が命常ならめやも

（10一九八五　作者未詳）

ま葛の這い延びる夏野のように、しきりにこのように恋していたら、本当に私の命はいつまでもあり得ようか。

クズは『萬葉集』に約二十例を数える。原文には多く「葛」とあり、一部に「久受」とあることから、「葛」と書いて「くず」と発音していたことが理解される。

クズは、現在でも日本各地に群生する身近な植物であるが、葛根湯やくずもち、葛蔓の細工物や葛布など、古くから薬用・食用・工芸用として利用されてきた。『和《わ》名抄《みょうしょう》』にはクズカヅラとみえ、大和国の「国栖（くず）」（奈良県吉野）で良品を産出したことから「国栖かづら」と区別したのが始まりで、それが短縮されて「くず」と呼びならわすようになったといわれている。現在でも、吉野は葛の名産地として知られる。

「ま葛延ふ」とあるのは、クズが蔓性の植物であることを踏まえた表現である。この歌は夏の相聞歌に分類されていて、群生繁茂する夏の野の葛の様子を、激しい恋心の比喩として巧みに用いている。命を脅かされるほどだという少々大げさともいえる恋の表現は、古代の和歌においてはしばしば用いられた。

大崎の荒磯の渡り延ふ葛の行くへもなくや恋ひわたりなむ

（12三〇七二　作者未詳）

ともあり、クズの蔓が際限なく延びるように、自分の恋心も果てしなく続くことかと表現されている。これもクズの特性を踏まえた歌であり、類似する表現もあわせると萬葉歌例の半数を占める。つる草の総称「かづら」の歌も参照されたい。ほかにクズの葉も歌に詠まれた。秋の七草にも数えられている（別項参照）。

（井上　さやか）

くず（クズ）

くそかづら（ヘクソカズラ）

皂莢《さうけふ》に延《は》ひおほとれる屎葛《くそかづら》絶ゆることなく宮仕《みやつか》へせむ
（16三八五五　高宮王《たかみやのおほきみ》）

皂莢（サイカチ）に這い付き延びている屎葛（ヘクソカヅラ）のように、いつまでも絶えることなく宮仕えをしよう。

いささか奇抜な素材をならべた歌だが題詞に「高宮王の、数種の物を詠《よ》める歌二首」とある。つまり作者に「数種の物」を詠み込むことが課せられた二首（内の一首）と考えられる。巻の十六にはこれと同じように多分宴会の場で、ほとんど関連性のないような「物」を数種詠み込むという遊びの歌を結構数多く集めている。この高宮王（伝不詳）にも「皂莢・屎葛・宮仕へ」という悪戯な課題が与えられたのであろう。

「皂莢」は古代の訓みが見当たらず近世になって『大和本草《やまとほんぞう》』や『和漢三才図会《わかんさんさいずえ》』などにサイカチの呼び名が見えてくる。したがって萬葉ではサウケフと音で読んでおく。別名カワラフジノキと呼ばれ、落葉高木である。特徴として大きなゆがんだ莢《さや》（三十センチ位）を花の後につける。よく乾かしたものを振ると中の豆がシャカシャカと鳴り、子供の玩具となる。

「屎葛＝ヘクソカズラ」は文字通りその蔓も花も葉も臭い匂いを発する。別名ヤイトバナと呼ぶのは花を肌にぺたんと貼り付けるとお灸の形に見えるからであろう。山野のどこにでも繁茂している蔓草で、夏になると咲く花は可愛らしい。かつて女子学生に「これも萬葉植物だよ」といって、葉を揉んで嗅がせたところその臭気に顔をゆがめ、以来いまだに恨まれ続けている。しかし、虫刺されには効能があるのだ。

「宮仕へ」は宮廷に仕えること。このことばによって三種の「物」をまとめあげたことになる。

（近藤　信義）

くそかづら（ヘクソカズラ・ヤブガラシ）

くは（クワ）

たらちねの母がその業《な》る桑すらに願へば衣《きぬ》に着すとふものを

（7一三五七　作者未詳）

母が生業《なりわい》としている桑でさえも、願えば絹の着物にして着られるというのに。

「たらちねの」は、母の枕詞。「母のその業る桑」は、養蚕のための母が営む畑の桑のこと。「願へば」は、そう願えば、立派な絹の衣になって着られる、ということ。一首は、「木に寄す」と題された譬喩歌。その気になれば、もっと立派になれるのだ、ということを詠ったか。

わが国の養蚕の歴史は古く、『日本書紀《にほんしょき》』の雄略《ゆうりゃく》天皇六（四六二）年の条に、天皇が后妃に命じて蚕を飼うことをすすめられ、継体《けいたい》天皇の元（五〇七）年の条にも、后妃が蚕を飼ったという話がある。『萬葉集』巻三に「仙　柘枝《やまひとつみのえ》が歌三首」と題された歌の中に歌われる柘《つみ》は、山桑のことで、「柘枝伝《しゃしでん》」に拠って作られた歌で、その一首は、

古《いにしへ》に梁《やな》打つ人のなかりせばここにもあらまし柘の枝はも

（3三八七　若宮年魚麻呂《わかみやのあゆまろ》）

と詠われる。

くわの実は、子供の頃、川で泳いでの帰り道、口元を紫色に染めて摘んで食べた思い出が残る。今も、葉を煎じたり実を焼酎につけてその効用に浴する嗜好者は身近にいても、限られた地域を除いて、養蚕の桑畑は視界から消えて容易には見られない風景となった。

（露木　悟義）

くは（クワ）

くり（クリ）

瓜《うり》食《は》めば　子ども思ほゆ　栗《くり》食めば　まして偲《しの》はゆ　いづくより　来りしものそ　まなかひに　もとなかかりて　安眠《やすい》しなさぬ（5八〇二　山上憶良《やまのうえのおくら》）

瓜を食べると子どものことが思われる。栗を食べるとなおさら偲ばれる。いかなる宿縁で生まれてきたのか、眼前にわけもなくちらついて安眠させないのは。

山上臣憶良の「子等を思ふ歌一首」の長歌。「瓜」も「栗」も子どもの好物なのであろう。子どもの姿が眼前に浮かぶのである。「瓜食めば～栗食めば～」の繰り返しには「食めばいつも」の意味が入る。「瓜」「栗」と並べて「思ふ」「偲ふ」と対応させているが、「まして偲ふ」には「栗」の場合の方が一段と思いが強いことを意味している。「思ふ」に対して「偲ふ」は嘱目の物（栗）への賞美が換喩の関係で不在のもの（子ども）への思いを喚起する用法であり、「瓜」よりも「栗」を美味しい物、こどもの好物と捉えている。

『萬葉集』では「瓜」「栗」共に「八〇二」の一例のみであるが、枕詞「三つ栗の」が記歌謡以来見える。

三栗《みつぐり》の那賀《なか》に向かへる曝井《さらしゐ》の絶えず通はむそこに妻もが（8一七四五）

イガの中に実が三個入っている、両側のその中の意で音「ナカ」から地名「那賀」にかかる。

栗の実は縄文遺跡から出土し、持統《じとう》七（六九三）年三月には「詔して、天下《あめのした》をして、桑・紵《からむし》（布に織る植物）・梨・栗・蕪菁《あをな》等の草木を勧め殖ゑしむ」（『日本書紀《にほんしょき》』）と見え、また平城京長屋王《ながやのおおきみ》邸出土木簡に「栗子二升」とあり、『延喜式《えんぎしき》』にも、山城・丹波・但馬・因幡・美作・播磨の国々から貢進されたことが記されている。食用として重視されていたことが理解される。また、ブナ科の落葉高木で、北海道から九州までの山地に生え、その材は堅く腐りにくいため、建築材・器具材としても用いられ、樹皮も染料に用いられた。

（平舘　英子）

くり（クリ）

くれなゐ
（ベニバナ）

外のみに見つつ恋ひなむ紅の末採花《すゑつむはな》の色に出でずとも
（10一九九三　作者未詳）

遠目からだけで、(あなたのことを) 見ながら恋をしよう。紅花の末を摘まれる花のように、めだたなくても。

「色に出でずとも」とは、自分の思いを言葉や行動に表すことができなくても、の意。「くれなゐ」の花は、茎の先端に咲く。染料や薬用にされるため、花を摘む際は先端のみを摘むのである。それで、末を摘まれてしまう「末採花」のように、花がなく目立たず、あなたへの想いが言動に現れなくても、という。原文でも「末採花」と表記されている。この歌が初出で、しかも一例のみである。一般に「すゑつむはな」は「くれなゐ」の別名とされる。しかし、萬葉の時代はまだ固定していなかったようだ。

冒頭歌のように、「くれなゐ」の花そのものを詠むことはほとんどない。次の歌と二首のみである。

紅の花にしあらば衣手に染め付け持ちて行くべく思ほゆ
（11二八二七　作者未詳）

あなたが「紅の花」であったならば、衣に染めて持って行きたいほどだ、と詠んでいる。花は詠んでいるが、その花を摘んで染料にして自分の衣に染めて持ち運びたい、という。このような発想の根底には、「くれなゐ」の花は染料として用いられる、という理解がある。

確かに、大部分の「くれなゐ」の歌は、衣服などに染められた色が詠まれている。集中三三首。その点から、「くれなゐ」とは、その花を使った染料の色を指すようになったのであろう。もしくは、多くの歌人からそのように認知されるようになったのではなかか。

（野口　恵子）

くれなゐ（ベニバナ）

こけ（コケ）

み吉野の青根が岳の蘿《こけ》むしろ誰れか織りけむ経緯《たてぬき》なしに

（7一一二〇　作者未詳）

み吉野の青根が岳に蘿が一面びっしりと生えていて、まるでむしろのようであるが、誰が織ったのだろうか。経糸も緯糸もなくて。

「詠蘿」と題詞にある。作者はわからない。原文の用字も題詞と同じく「蘿」とあり、「さるおがせ」を指す（2一一三）が、ここでは苔の生えている状態を「むしろ」に見立てているので、一般に庭園でよく見る青苔である。「蘿（苔）むしろ」の表現は『萬葉集』中この一例のみ。「むしろ」は数例見られるが、「畳」に比べて質素な敷物感覚である。「青根が岳」は、宮瀧離宮のあった奈良県吉野郡宮瀧の南、喜佐谷の南奥にある山。離宮跡からわずかに山頂が見える。経緯とは織物の縦糸や横糸のこと。同様の表現は、大津皇子《おおつのみこ》の歌として「経もなく緯も定めず娘子らが織る黄葉《もみちば》に霜な降りそね（8一五一二）がある。一面びっしりと生えている状態を言う。

「こけ」は国歌「君が代」にもあるように「こけ生す」と表現されている例が『萬葉集』では九例あり、いずれも時間の経過を言っている。「君が代」のように未来へ向かうと対象が永久不変であることを祝う意味になる一方で、過去からの長い時間を意味する時は創古とした神々しさを述べ、畏敬の念を示す表現となる。

この歌は青根が岳に一面に生えている苔の風景を遠望して、創成期に思いを馳せた神々しさを詠んで讃美したものである。吉野の神南備（神が降臨する祀りの山）とも見られていたことも讃美の理由である。しかし、神性を畏敬することによる讃美表現とならずに、大津皇子の歌が漢詩文と比較されるように、この歌も蘿を織物に見立て、経糸や緯糸を意識する所に、漢詩文的な表現の理知性を見ることが出来る。

（吉村　誠）

こけ（コケ）

ごとう（キリ）

言問はぬ木にはありともうるはしき君が手馴《たな》れの琴にあるべし
（5八一一　大伴淡等《おほとものたびと》「梧桐《ごとう》の日本琴《やまと》一面《いちめん》」）

（もともとは）口のきけない木ではあるが、（琴となった今では）すばらしい方のご寵愛を受ける琴となるに違いない。

大伴旅人《たびと》が、都の藤原房前《ふささき》に琴を贈る。その際の書状に載る歌。当時旅人は九州一円を掌る大宰府の長官。書状の内容は、管轄下の対馬の梧桐で作った琴が夢に現れた。琴が言うには、「山中で空しく朽ちてしまうことを心配していましたが、良い匠と出会い、嬉しくも琴になることができました。そして今は立派なお方の側においてほしいと願ってます」というもの。琴は歌う。

いかにあらむ日の時にかも音《こゑ》知らむ人の膝《ひざ》の上《へ》我《わ》が枕《まくら》かむ
（5八一〇　娘子）

これに対して旅人が答えたのが、八一一番歌。仙境で仙女と出会うという『遊仙窟《ゆうせんくつ》』等の中国古典をモデルとする。琴に女性を幻想する歌もある。

琴取れば嘆き先立《さきだ》つけだしくも琴の下樋《したび》に妻や隠《こも》れる
（7一一二九）

琴はシャーマンの呪具としても使用される。亡き妻の声を琴の音に感じ取った歌とも。古代人は琴の音色に異境の神（もしくは女性）の声を感じ取った。

梧桐はアオギリのこと。幹が太くなっても新梢のように美しい。落葉高木で、葉は大きく、天皇家・豊臣家をはじめ、家紋に用いられる。都の文人・房前に送るに相応しい立派な琴に、旅人は洒落た物語と歌とを添えた。房前の側にいたい、それは帰京を願う旅人の希望でもあったのだろう。

（飯泉　健司）

ごとう（キリ）

このてがしは
（コナラ）

奈良山の児手柏の両面《ふたおも》にかにもかくにも佞人《かだひと》が伴《とも》
（16三八三六　消奈行文《せなのぎようもん》）

奈良山の児手柏が両面同じ姿であるように、どちらにも良い顔をして、いずれにしろ佞人の輩であるよ。

この歌の「このてがしは」は、「児手柏」という文字遣いからも、子どもの手のひらのような形状の葉を持つコノテガシワにあたると考えられる。

『萬葉集』にはもう一首「千葉の野のこのてがしは（古乃弖加之波）の含《ほほ》まれど」（20四三八七）があるが、歌表現から類推する二首の歌のこのてがしはには、その特徴に共通性がみられない。千葉の野の歌は、コナラやカシワの若葉などに比定されている。

ここでとりあげた「奈良山の」の歌では、上二句が、「両面」を起こす序になっている。「両面に」というのは、二つの面がともに顔として成り立つ、すなわちどちらにも良い顔をするということであろう。『類聚名《るいじゆうみよう》義《ぎ》抄《しよう》』に「佞（佞・倿）」が「ヘツラフ、カタマ《ム》シ」とあることから、「佞人」とは、口先がうまく他人に媚びる人、へつらう人の意。『萬葉集釋注』では「おべっか使い」としているのがわかりやすい。

「子どもの手のひらのような」という無垢なイメージと、「人に媚びへつらう輩」という役人世界の俗臭芬々たるイメージとの隔たりによって、一層佞人の俗輩ぶりが浮かび上がってくる。あまり歌には取り入れられない俗なことばをあえて詠み込みながら、一首の歌としてのことばの世界を作り出すというのは、巻第十六の特徴である。その趣向、面白味をよく表している歌である。

（太田　真理）

このてがしは（コナラ・ノバラの実・シランの葉と実）

こも（マコモ）

妹《いも》がため命残せり刈り薦《こも》の思ひ乱れて死ぬべきものを

（11二七六四　作者未詳）

あなたのために、命は残しておいた。（刈り薦の）思い乱れて死んでしまうはずのところを。

作者はわからないが男性の歌。片恋の辛さに死んでしまいそうだが、あなたに逢いたくて生きながらえている、と訴える歌である。作者の思い乱れる心は「刈り薦の」という枕詞によって引き出されている。「刈り薦の」が「乱る」の枕詞になっている例は七例みえるが、刈り取った薦の葉や茎が絡み乱れたような様から「乱る」にかかる。刈った薦が乱れた状態になるのを、生活の中で実感しての枕詞である。

「こも」は日本全土の川や湖沼の浅い所に群生して生える稲科の草の一種で、夏から秋のころ多数の小穂を出す。『萬葉集』に「こも」は二四首に出てくるが、「たたみけめ」（20四三三八）は「たたみこも」の駿河地方の訛りであるから、全部で二五首となる。茎や葉は乾燥して編み蓆《むしろ》、束ねて枕などにした。

『萬葉集』では、「こも」は「こもたたみ」や「こもまくら」のように製品名、あるいは薦を刈り取るところから「刈り」を起す枕詞や序詞として用いられることが多く、二五首のほとんどが生活の具として歌われる。『古今和歌集《こきんわかしゅう》』の「刈り薦の思ひ乱れて我恋ふと妹知るらめや人し告げずは」（11四八五　恋歌　読み人知らず）の「刈り薦の」も同様である。また、「まこも刈る淀の沢《さは》水雨降れば常よりことにまさるわが恋」（12五八七　恋歌　貫之《つらゆき》）の「まこも刈る」はこもの若芽は食用のため刈り取られることによる。『新古今和歌《しんこきんわか》集《しゅう》』の「こもまくら」（10九四六）など、萬葉以後も「こも」は人々の生活の具としての価値を背景にして歌われた。

（小野寺　静子）

こも（マコモ）

さきくさ（ミツマタ）

春さればまづ三枝《さきくさ》の幸《さき》くあらば後《のち》にも逢はむな恋ひそ我妹《わぎも》

（10一八九五　柿本朝臣人麻呂歌集《かきのもとのあそみひとまろかしゅう》）

春になると真っ先に咲く三枝《さきくさ》のように、元気だったら、後でまた逢おう。だから、そんなに恋しがらないで、私の大好きなあなた。

――全ての場合を通じて、恋愛は忍耐である。

これは萩原朔太郎の言葉だが、『萬葉集』では「恋」を「孤悲《こひ》」と書くことが多い。恋の本質は片思い、そして悲しく辛いもの。だからこそ人は、恋心を相手に訴えるために歌を詠まずにはいられないのである。

この歌は、四季の歌を集めた『萬葉集』巻十に春の恋歌として載る。『萬葉集』編纂の際に参照された萬葉歌人柿本人麻呂の歌集の歌である。この歌集には、人麻呂自身の歌以外にも人麻呂が集めたであろう他の人々の歌も載るのだが、独創的であったり、キラリと光る表現があったりして、そそられる歌が数多くある。

この歌も例に漏れず、和歌としては珍しく相思相愛状態の男女の歌であるという面白さがある。逢瀬が終わった別れ際、淋しさをしきりに訴える女性に、「後でまた逢おう、だからそんな恋しがらないで」と、やさしい言葉をかけて気遣う男性。傍からみると照れてしまいそうなシチュエーションである。それを彩るのが、早春に鮮やかな黄色い花をつける三枝《さきくさ》の花。ミツマタのことだとされる。文字通り枝が三つに分かれており、『萬葉集』中に一例しかない。その三枝《さきくさ》のサキに「咲き」の意味が重ねられて序詞となり、同音の繰り返しで「幸《さき》くあらば……」と軽やかなステップを踏むように情感の言葉が続く。早春に咲く花のような微笑ましい恋人達を思い描かずにはいられない。

（田中　夏陽子）

さきくさ（ミツマタ）

さくら（ヤマザクラ）

あしひきの山桜花日並《ひなら》べてかく咲きたらばはだ恋《こ》ひめやも
（8一四二五　山部赤人《やまべのあかひと》）

山の桜花が幾日も続いてこのように咲いていたなら、こんなにもひどく恋しくは思わないだろうなあ。

桜花歌としては、『古今和歌集《こきんわかしゅう》』に採録された在原業平《ありわらのなりひら》の「世の中に　絶えて桜の　なかりせば　……」（1五三）の平安時代の和歌が有名である。平安時代の人々は、桜花に注目し多くの桜花歌を詠出している。一方、奈良時代の人々は、中国渡来の梅に興味を示し多くの梅花歌を詠み、桜花への関心は薄いとされる。歌数も約三分の一の四十四首である。しかし、萬葉人もすでに桜花に深い愛着を持っていたことに注意すべきである。

萬葉時代の桜の中心は、当然後世の交配種ソメイヨシノではない。日本に古来から生えていたヤマザクラが中心で、丘陵地帯などに樹高二十メートル以上の高木として生えていた。山部赤人は春の景物としての「すみれ」や「梅の花」とともに、この「山さくら」を詠んでいる。美しい花ではあるが開花期の短い桜花に対して、業平と同じように愛惜の情をおしみなく詠出する。

大伴旅人《おおとものたびと》が大宰府で開催した「梅花宴卅二首」中の、

梅の花咲きて散りなば桜花《さくらばな》継《つ》ぎて咲くべくなりにてあらずや
（5八二九　薬師《くすりし》張氏福子《ちょうのうじのふくし》）

の作者は渡来人の医師と推察される。中国文学の落梅詩を下敷きに散る梅花から詠いおこし、続いて咲く山の桜花を仮想の美の世界の中で詠出し、外来の梅花に劣らない大和の桜花への想いを描くことに成功している。

（佐藤　隆）

さくら（ヤマザクラ）

ささ（クマザサ）

笹《ささ》の葉はみ山もさやにさやげども我《われ》は妹思《いもおも》ふ別れ来ぬれば
（２—一三三　柿本人麻呂《かきのもとのひとまろ》）

笹の葉は、山全体にさやさやと風にそよいでいるが、私はひたすら妻のことを思う。別れて来てしまったので。

柿本人麻呂が石見《いわみ》の国から妻と別れて上京した時の歌である。「笹」は常緑の笹竹で、山野に群生する。人麻呂が上京のために越えていた「み山」の道の周りにも群生していたのであろう。

「さやに」は、笹の葉が風にそよいでいる状態を表現した語である。そして、

笹が葉のさやぐ霜夜《しもよ》に七重《ななへ》着《か》る衣《ころも》にませる児《こ》ろが肌はも　（20四四三一　昔年《さきつとし》の防人《さきもり》の歌）

の歌にもあるように、「さやぐ」は笹がさやさやと音を立てている状況を示す語である。これら二語を含む上三句「笹の葉はみ山もさやにさやげども」は、さわやかで明るい感じであると同時に、ある種の軽やかさを伴うサ行音を繰り返すことで、群生する「笹」の状況を見事に表現している。と同時に、今まさに人麻呂が越えている「み山」のすがすがしくて明るい状況をも表現していると言えよう。

しかし、そのような上三句の清々しさ・明るさは、逆接の接続助詞「ども」で一転し、別れて来た妻への思いという人麻呂の心の内の暗さへと転換している。周囲が明るく清々しいほど、妻との別れの悲しさは際立つ。それを意図して人麻呂は、上三句でサ行音を繰り返したのである。

『萬葉集』に笹を詠んだ歌は五首あるが、いずれも相聞歌である（右二首以外は、10二三三六、10二三三七、14三三八二）。恋心の「さやぎ」を萬葉びとたちは身近にあった笹のさやぎに託しやすかったのだろう。

（新谷　秀夫）

ささ（クマザサ）

さなかづら（サネカズラ）

玉櫛笥《たまくしげ》みむろの山のさな葛《かづら》さ寝ずはつひに有りかつましじ　玉くしげ三室戸山の　（２九四　藤原鎌足《ふじわらのかまたり》）

美しい化粧道具箱を見るそのみむろの山のさな葛という言葉ではないが、あなたが私と寝ないでは耐え切れないでしょう。美しい櫛笥を見るその三室戸山の

「さな葛」は他に「さね葛」とも言われ、今「びなん葛」と言っているもの。モクレン科の蔓性植物。一般に枕詞として用いられており、その植生から恋愛の気持ちで「後に会う」期待や意志を示す内容でかかるものが最も多く、他に「遠長い」や「会って別れる」「途絶える」を引き出すものに冠せられる。一例だけであるが、「色づく」（10二二九六）という実態も示されている。「葛」は神祭りの道具にも使用されていたように、元来はその長い蔓にあやかって生命の長久や永遠を寿ぐものという観念がある。

ここに取り上げた歌はかなり技巧的なものである。藤原鎌足が鏡王女《かがみのおおきみ》に答えた歌である。この前に鏡王女の歌「玉櫛笥覆ふを安み明けていなば君が名はあれど吾が名し惜しも」があり、掛け合い風になっている。「玉櫛笥」は櫛を入れる美しい箱のことであり、化粧道具箱のこと。それを「見る」というのであるから、女性の大事なものを見るという官能的な表現になる。「見る」と同音で引き出される「みむろの山」は神南備山（神の降臨する山）を指し、三輪山を言う。脚注の「三室戸山」も同じ。現在も大物主神を祭る大神大社がある。その三輪山に生えている葛を使って神を祭る実態が背景にあり、同時に「さな」と「さ寝」の音による繰り返しと「長く」寝るイメージ、そして「つひに（おしまいには）」という感覚を響かせている。「寝る」は共寝をすること。あなたは私と共寝をしないではがまん出来ないでしょうとからかったものか。

（吉村　誠）

さなかづら（サネカズラ）

さのかた
（アケビ）

狭野方《さのかた》は実にならずとも花のみに咲きて見えこそ恋のなぐさに

（10一九二八　作者未詳）

さのかたは、たとえ実にならなくとも、せめて花だけでも咲いてみせておくれ。それを見て、せつない恋の思いの慰めにしよう。

巻十「春相聞」部に「問答」として置かれている。この歌は「問」にあたり、その「答」の歌は「狭野方は実になりにしを今さらに春雨降りて花咲かめやも」（10一九二九　作者未詳）で、「さのかたは、もうすでに実になっていますのに、今さら春雨が降っても花など咲くはずもございませんことよ」ほどの意味である。言葉遣いも、内容も、問・答でぴたりと対応している。「相聞」部にあることからしても、「さのかた」は、相手の女性が譬えられていると見てよい。

「実に成る」とは、結婚が成就することを意味する。それに対応した「花のみ咲く」とは、男女が交際することを意味する。「問」の作者（男）の本音は、「実に成る」ことを願っているのであるが、「答」の作者（女）の歌はまことに単純明解で、男にはとりつく島もない。「私はもう人妻よ！」。人妻との交際はご法度であった。優しく柔らかな春の雨は、ついに花を咲かすことはできなかった。まして、実に成ることをや。

さのかたの実態は不明であるが、『萬葉集私注』は丁寧な考慮をめぐらせて「寧ろアケビなどを考ふべきではあるまいか」と結論づけている。

アケビは蔓性落葉低木、四月頃淡紅紫色の花をつけ、秋に実は縦に割れて「開け実」となる。果肉は白色半透明で上品な甘みがある。

（村瀬　憲夫）

さのかた（アケビ）

しきみ（シキミ）

奥山のしきみが花の名のごとやしくしく君に恋《こ》ひ渡りなむ

（20四四七六　大原今城《おおはらのいまき》）

奥山のしきみの花の名のようにしきりにあなたを思い続けることか。

シキミ科の常緑樹で、数メートルから、高いものは十メートルを越える。三月から四月にかけて白い花が咲き、秋には多くの実をつけることから「繁き実」（『万葉考《まんようこう》』）の意とも、この実の毒性が強いことから、「悪しき実」（『日本釈名《にほんしゃくみょう》』）の意ともされる。

シキミそのものをよんだ歌は上代には少なく、『萬葉集』には大原今城の宴席での一首がみられるのみ。当該歌では音の類似から、「しきみの花の、その名のようにしきりにあなたを思い続けることだろうか」と、「しくしく（しきりに）」を引き出すために用いられている。

『枕草子《まくらのそうし》』「正月に寺にこもりたるは」の段には、「しきみの枝を折りて持て来る」などとあり、仏前に供えるものとして登場するように、後世には仏事に関わって用いられた。しきみの持つ強い香りが遺体を守るために有効とされたともいう。

さながらや仏の花に手折らまししきみの枝に降れる白雪

（『玉葉集《ぎょくようしゅう》』19二七〇七　後鳥羽院《ごとばいん》）

歌材としては「墨染」「仏の花」「あか水」などと共に詠まれる一方で、「雪」の白との対比でとらえられた歌もある。

（城﨑　陽子）

しきみ（シキミ・西洋アジサイ・ヤマアジサイ・ツル）

しだくさ（ノキシノブ）

わがやどは甍《いらか》しだ草生《お》ひたれど恋忘れ草見るにいまだ生ひず

（11二四七五　柿本人麻呂歌集《かきのもとひとまろかしゅう》）

我が家の屋根にはしだ草が生えているけれど、恋忘草は見てもまだ一向に生えていない。

「しだ草」にこと寄せて、恋の思いを詠んだ歌で、巻十一の「寄物陳思」部に収められている。「柿本朝臣人麻呂歌集」から採られた。歌は上の句と、下の句とが対比されることによって、訴えたいことが一層鮮明になる。たとえば「ももづたふ磐余《いはれ》の池に鳴く鴨を今日のみ見てや雲隠《くもがく》りなむ」（3四一六　大津皇子《おおつのみこ》）は、生のエネルギーを漲らせて鳴く鴨と、雲隠れていく皇子の死とが対比されることによって、皇子の死の悲しみが際立つ。この歌では繁茂するしだ草と、一向に生えない恋忘草（別項「わすれぐさ」参照）とが対比されて、一向に恋人に逢えない切なさ苦しさが際立つ。「甍」は『新撰字鏡《しんせんじきょう》』に「屋背　伊良可《いらか》　甍　上同」とあり、屋根の棟の部分をいう。「甍しだ草」は、屋根に生えたしだ草を、一語に結晶させたような響きをもつ。笠女郎《かさのいらつめ》の「夕陰草《ゆふかげくさ》」（4五九四）という造語を思わせる。恋人に逢えない切なさを心に懐いて空を見上げた時、ふと目にとまったのが、我が家の屋根に生えたしだ草であった。それを見て、恋のせつない思いを忘れさせてくれる恋忘草をふと思ったのである。「戯笑《ぎしょう》的表現」（『新日本古典文学全集』）かもしれないが、「捨てがたい」（『萬葉集釋注』）歌である。

しだ草は、ノキシノブ、ウラジロ、クサソテツなど諸説があるが、甍との結びつきからみて、ノキシノブ説がよい。

（村瀬　憲夫）

しだくさ（ノキシノブ・シダ類）

しりくさ（サンカクイ）

湊葦に交じれる草のしり草の人皆知りぬ我が下思ひは
（11二四六八　作者未詳）

河口の葦に交じって生えている草、しり草という名前を人が皆知るように、世間の人が知ってしまった。私があなたを密かに恋い慕っていることを。

「しり草」は、「葦」などと共に、沼地や川辺に群生する。一方「葦」は高さ二、三メートルにも達し、大群落をなすことが多い。「葦」共に群生する「しり草」は、あまり目立たない。従って「しり草の人皆知りぬ」とは、目立たない草なのに「しり草」という名を人は皆知っている、の意。つまり、「しり草」は「知る草」の意と捉えている。その名と実際の姿が矛盾している点に着目し、歌語としているのだ。

「奈呉の海船しまし貸せ沖に出でて波立ち来やと見て帰り来む」（18四〇三二）も、「奈呉の海」という地名に着目している例である。和やかな状態の海という名を持つのに、実際は白波が立っている、という。地名と実態との矛盾を歌にしている。このように、植物名や地名が同音の別の語を連想させ、歌のレトリックに用いる例は、『萬葉集』では多く見られる。

『萬葉集』中「しり草」は、この一首のみ。しかも、異説が多い。「鷺の尻刺」とする説もある。茎の先端が鋭く尖っているため、鷺が水辺の餌をあさって歩き回っていると尻を刺す。それに由来するとする説。またサンカクイの別名ともされ、現在では定説となっている。サンカクイは、名の通り茎が三稜形で、その断面は三角形。高さ一メートル位まで達するといわれ、確かに「葦」よりは低い。他に、シチトウはリュウキュウイとも言われる。茎が太く、茎の高さは一～一・五メートル。サンカクイ同様、茎は三稜形である。

（野口　恵子）

しりくさ（サンカクイ）

すぎ（スギ）

古《いにしへ》の人の植ゑけむ杉が枝《え》に霞たなびく春は来ぬらし
（10一八一四　柿本人麻呂歌集《かきのもとひとまろかしゅう》）

昔の人が植えたという杉の枝に霞がたなびいている。春はやって来たらしい。

四季分類に拠る巻十巻頭の春雑歌七首のうちの一首である。七首はいずれも人麻呂歌集所出歌で、春霞が詠まれている。

すぎは、日本特産の常緑針葉樹で、幹は直立して高さは五十メートル、幹周りは五メートルに達する巨木もある。樹皮は褐色で繊維質のため強靭、葉は針状、材は木理が真直ぐで柔らかく脂気に富み、家屋の柱・板、桶・樽・曲物などに供され、樹皮は屋根などを葺くのに用いられ、葉は線香の料となる。『萬葉集』にも、

み幣《ぬさ》取り　神の祝《はふり》が　いはふ杉原　薪《たきぎ》伐《こ》り　ほとほとしくに　手斧《てをの》取らえぬ
（7一四〇三　作者未詳）

と歌われるように、薪としても有用であった。また、上の句に歌うように、すぎは神の社には欠かせないものであって、「みもろの神の神杉」（2一五六）、「石上《いそのかみ》布留の山なる杉むらの」（3四二二）、「石上布留の神杉」（11二四一七）、「神奈備の三諸の山に斎《いは》ふ杉」（13三二二八）などと聖なる樹木は神威を顕現する素材となっている。

下の句「霞たなびく」ことを根拠として「春は来ぬらし」と推定している。やや通俗的だが、霞がたなびくのが山ではなく、「古の人の植ゑけむ杉が枝」であることに、この歌の世界を幽遠なものにしている。

（露木　悟義）

すぎ（スギ）

すげ・すが（カヤツリソウ）

菅《すが》の根のねもころ君が結びてし我《あ》が紐《ひも》の緒《を》を解《と》く人はあらじ

（11二四七三　作者未詳）

ねんごろにあなたが結んでくださったわたしの紐の緒を解く人がほかにあるものであるものですか。

スゲ類カヤツリグサ科の多年草。長細い葉をつけ、花は穂状につく。「菅」はありふれた植物であるうえに、「菅畳」（『古事記』）や「菅笠」（11二八三六）に編まれるなど生活に密着した歌材であった。『播磨国風土《はりまのくにふど》記《き》』（宍禾郡《しさは》）にも「此の沢に菅生ふ。笠に作るに最もよし」などとある。

『萬葉集』に六〇例ほど、八代集に一〇例ほどを数える「菅」の歌の発想は様々で、「川のしづ菅我が刈りて笠にも編まぬ」（7一二八四）とか「菅の実採みに行く」（7一二五〇）といった生活感あふれる詠みぶりが多いことは先にも触れたが、祝詞（大祓）にも「天つ菅麻を本刈り断ち末刈り切りて」とあり、歌表現にも「卯名手の神社《もり》の菅の根」（7一三四四）などのように神事伝承にかかわらせた例がみられる。

「菅」をよんだ歌でもっとも目立つのはその根にまつわる発想で、『萬葉集』でもっとも多いのは「菅の根」と「ねもころ」の譬喩的な結びつきによって枕詞や序詞を構成する表現用法である。植物の生態を熟知していた萬葉びとならではの発想である。特に「乱る」を引き出す例（4六七九）は根がからまりあってときほぐせないところからの表現である。また、「三島菅いまだ苗なり」（11二八三六）などのようにうら若い女性に譬えた例があるのは、「菅」の形態にほっそりとなよやかな女性的な姿態を感じていたことによるのであろう。

（城﨑　陽子）

すげ・すが（カヤツリソウ）

すみれ（スミレ）

山吹の咲きたる野辺のつほすみれこの春の雨に盛りなりけり
（8一四四四　高田女王《たかだのおおきみ》）

山吹の咲いている野のつぼすみれは、この雨に逢って今真っ盛りに咲いている。

黄金色の「山吹」につつまれた「つぼすみれ」の可憐さに心ひかれる季節歌である。春の柔らかい雨が、花の盛りを促し、若やいだ生命の息吹を感じさせる春を歌っている。「春雨を待つとにしあらし我がやどの若木の梅もいまだ含めり」（4七九二　藤原久須麻呂《くすまろ》）では、「梅」の蕾の開花を促す春雨を心待ちにしている。「すみれ」の盛りを詠むのは、他に、

茅花《つばな》抜く浅茅が原のつほすみれ今盛りなり我が恋ふらくは
（8一四四九　大伴田村大嬢《おおとものたむらのおおいらつめ》）

がある。恋の熱情と「つぼすみれ」の盛りとを、重ね合わせた女性の歌である。

また、「若菜摘み」の歌でも「すみれ」は詠まれている。「若菜摘み」は、豊穣を予祝する春の行事であるが、歌垣としての意味合いをもち、男女の恋愛の場にもなっていた。「春の野にすみれ摘みにと来し我そ野をなつかしみ一夜寝にける」（8一四二四　山部赤人《やまべのあかひと》）と男女の一夜の契りや、「……春の野に　すみれを摘むと　白たへの　袖折り反し　紅の　赤裳裾引き　娘子らは　思ひ乱れて　君待つと　うら恋すなり……」（17三九七三　大伴池主《いけぬし》）と「すみれ」を摘む美しい女性の慕る思いが詠まれている。

春に咲く小さな花の形状が「墨入」（墨壺）に似ていることが、「すみれ」の名の由来ともされる。日本には、一〇〇種類以上の「すみれ」があるといわれ、白や紫の花をつける。「つぼすみれ」は淡青紫色のタチツボスミレ。食用や薬用、香辛料や染料にも用いることがあった。

（倉住　薫）

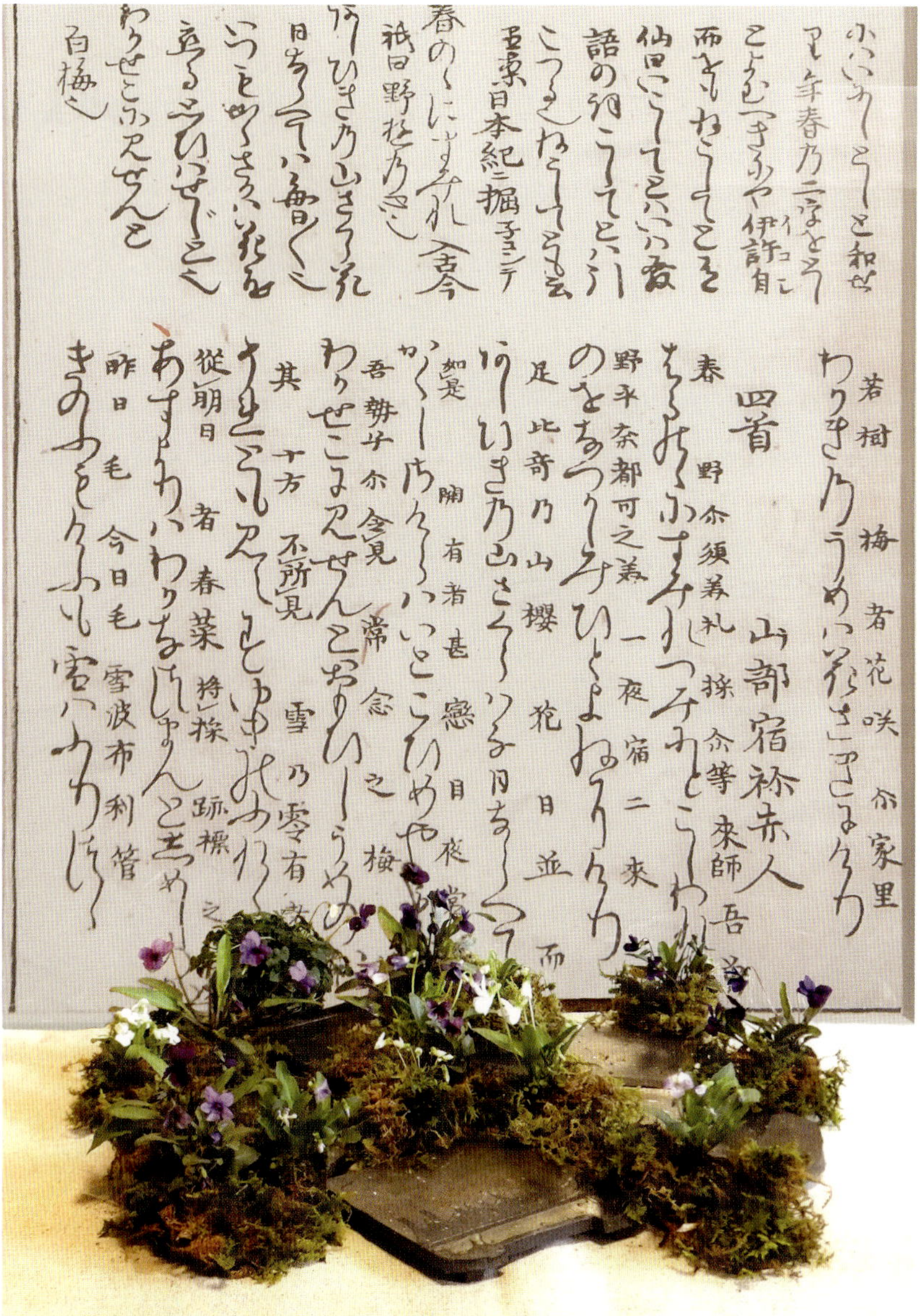

すみれ（スミレ）

たけ（ヒメタケ）

我《わ》がやどのい笹群竹《ささむらたけ》吹く風の音のかそけきこの夕《ゆふへ》かも
（19四二九一　大伴家持《おおとものやかもち》）

わが家の庭の笹や竹群《たけむら》に吹く風の音がかすかにしているこの夕暮れ……。

『萬葉集』にみられる「わが宿」は、宿泊のための宿ではなく、自分の家の庭のこと。集中に七十首ほど例があり、萬葉びとたちは、自宅の庭に花を植えたり種を蒔いたりしてガーデニングを楽しんでいた。この歌からすると、大伴家持の邸宅には小さな竹林があったようである。歌が詠まれたのは天平勝宝《てんぴょうしょうほう》五（七五三）年二月二十三日、現在の暦にすると四月一日。春の夕暮れ時、庭の竹群の風音がかすかに聞こえてきた。そのかすかな葉ずれの音、歌では「かそけき」とあり、『萬葉集』に二例しかない独特な語で、もう一例も家持歌。普通ならば聞き逃してしまうような風の音によって庭の気配をとらえ、その景に心の内を注ぎ込む。聴覚でとらえた光景と心情とがとけ合う、家持屈指の名歌と評されている。

この歌を詠んだ夕刻、三十六歳の家持は何を感じていたのか――。遡ること二年前、家持は五年という越《えつ》中国守《ちゅうこくしゅ》の任を終えて帰京すると、都は変わっていた。政権は対立する藤原仲麻呂《なかまろ》の元に移っていた。少納言でありながら、政治中枢から外されつつある不安、そして悲哀が、彼の繊細な感性を高みに誘ったのか。

植物学的には、タケは筍が成長して皮を落とすもの、皮をつけたままのものをササと区別する。『萬葉集』では、葉を強調する場合はササ、それ以外はシノと言うが厳密さはない。古代においては、食用薬用されると共に、様々な用材具として生活に密着した有用な植物で、神事の必需品でもあった。

（田中　夏陽子）

たけ（ヒメタケ）

たちばな（コミカン）

橘《たちばな》の花散る里のほととぎす片恋《かたこひ》しつつ鳴く日しそ多き

（８一四七三　大伴《おおともの》旅人《たびと》）

たちばなの花が散る里のほととぎすは散ってしまう花を、恋しく片思いしながら鳴く日がとても多いことです。

大伴旅人は大宰帥として九州に赴任する際に、糟糠の妻大伴郎女《いらつめ》を伴ってきたが、着任早々の神亀《じんき》五（七二八）年に郎女が病死する。それを踏まえた作。「橘」はその実を「時じくのかくの木の実（時を定めず恒にある輝く実の意か）」ともよばれ、多遅摩毛理《たじまもり》が常世の国から持ち帰ったという伝説（垂仁記）をもつ常緑の小喬木で、初夏の頃、芳香を放つ白い花をつける。実はミカンに似た小型のもの。ホトトギスは亡き人を恋したって鳴く蜀魂《しょっこん》のイメージを喚起する鳥。共に初夏の代表的な景物である「橘」や「卯の花」とホトトギスは相伴って詠まれる事が多く、ここでは「橘」がホトトギスの愛人のように捉えられている。常世を喚起する「橘」の花が散り、それを恋慕って鳴くホトトギスに、長年連れ添った妻を失った作者の「片恋」を喩えていて、老妻を失った落胆の深さ、一人恋する悲しさが沁み通るような作。旅人六十四歳。

『萬葉集』には、一四七三の前に勅使石川《いしかわの》朝臣《あそみ》堅魚《かつお》が大伴郎女の弔問を終えた後、大宰府の役人達と記夷《きいの》城《き》に望遊した時作った作が見える。

ほととぎす来鳴きとよもす卯の花の共にや来しと問はましものを

（８一四七二）

挽歌的な発想として理解すると、大伴郎女が亡くなった今、ホトトギスと仲良しの卯の花のように一緒に来られたかとは、憚られて尋ねがたいと旅人を慰めた作。旅人は後に、この歌に和して一四七三を詠んだ。

（平舘　英子）

たちばな（コミカン）

たで（タデ）

わがやどの穂蓼古幹《ほたでふるから》摘み生《お》ほし実になるまでに君をし待たむ

（11二七五九　作者未詳）

わが家の庭の穂蓼の古い茎、それを摘んで育てあげて、また実がなるまでも、ずっと私はあなたを待ちましょう。

上四句は、結句「君をし待たむ」期間の長さの譬えであるが、「穂蓼古幹摘み生ほし」とは女性の作業であり、おそらく実体験を詠みこんでいるのであろう。水辺に自生する一年生草であるタデは、食用のために先を摘むと脇芽が伸びてくるが、それが伸びて結実するまでには時間がかかる。さらに、相聞歌で「実になる」ことを歌うのは、たいてい結婚の成就を譬えた場合が多いことから、なかなか結実しないタデを自宅の庭で育てながら男性からの求婚を待ち続けている女性の心理が見事に表現された歌と言えよう。

ところで、『萬葉集』にはタデの特性をうまく詠みこんだ、

童《わらは》ども草はな刈りそ八穂蓼《やほたで》を穂積《ほづみ》の朝臣《あそ》が腋草《わきくさ》を刈れ

（16三八四二　平群朝臣《へぐりのあそみ》）

という、平群朝臣が穂積朝臣をからかった歌もある。摘んだあとから次々に脇から穂を出す「八穂蓼」の「穂を摘む」という作業と人名「穂積」を掛け、さらに「腋草」の「草《くさ》」に穂積朝臣の欠点であったと思われる腋の臭さの「臭《くさ》」を掛けながら、同時にその腋臭の原因となる腋毛《わきげ》（＝腋草）とタデの脇芽をも掛けるという表現に凝ったからかいの歌である。

求婚を待ち続ける女性と言い、穂積朝臣をからかった平群朝臣と言い、いずれもタデの特性をしっかりと把握した上で歌を詠んでいることから、タデが萬葉びとたちの身近な食用植物であったことは間違いない。

（新谷　秀夫）

たで（イヌタデ・ミチシバ）

たへ（コウゾ）

春過ぎて夏来《き》たるらし白《しろ》たへの衣《ころも》干《ほ》したり天《あめ》の香具山《かぐやま》

（一二八　持統天皇《じとうてんのう》）

春の季節がいつの間にか過ぎてしまい夏が到来したようである。目前に白栲《しろたえ》の衣《ころも》が干《ほ》しかけてあるではないか、この天の香具山に。

コウゾ（クワ科、古名「タク」）は普通の樹皮をしている。この木の皮を剝《は》いで、蒸し、水に漬け、叩《たた》き砕いて、細い繊維を曝《さら》して、やっと白い糸を手にすることが出来る。言うほどには簡単でない。この繊維で織った布を「たへ」と言い「栲」の字で書く。昔はもっぱら「栲」の字を用いた。神事で用いる場合には、これをユフと呼んだ。ユフ肩衣《かたぎぬ》・ユフ垂《しで》・ユフ襷《だすき》・ユフ畳《だたみ》・ユフ花《はな》などの熟語がある。

白タへがよく知られる語であるが、他に、荒《あら》タへ・和《にき》タへ・敷《し》きタへ・明《あか》るタへ・照《て》るタへなどの熟語例がある。これらは一般的な繊維（布）としての意味で用いられ、コウゾ繊維に限定されるものではない。

この持統天皇の歌は、新鮮な季節感を夏衣《なつごろも》で描いているとして、よく知られる歌である。藤原京の大極《だいごく》殿《でん》からは衣が小さくて望み見ることが出来ない、などと言われたりするが、どうして持統天皇を大極殿に縛り付けなくてはいけないのであろうか。これは、作者持統天皇が香具山の麓《ふもと》を散策した際に、目前の景を描いた一首である。季節感を歌として描くことは、なかなか困難である。それをここでは、具体的な白い夏衣で描いたのである。樹々は淡い新緑から徐々に深さを増し、濃き色へと変えて来ていた。その深さを背に白い夏衣は折からの風に舞っていた。季《とき》の推移は早くて、見落としてしまいがちであるが、風に舞う白い夏衣に早くも夏が到来したのだと実感した感動を、みごとに掬《すく》いとって描ききった一首である。

（廣岡　義隆）

たへ（コウゾ）

ちさ（エゴノキ）

息の緒に思へる我を山ぢさの花にか君がうつろひぬらむ
（7一三六〇　作者未詳）

命をかけて思っている私なのに、山ぢさの花のようにあなたの心は移ってしまったのでしょうか。

「花に寄せる」歌。ものごとの移り変わりの早さ、思い人の心が移ってしまったことを、ちさの花にたとえている。平安以降になると移ろいやすいものをたとえる花は桜に代表されるようになる。萬葉の歌でも桜を使って同じ歌いぶりがされているが、桜の歌数はそう多いものではなく、この時代にあっては移ろいやすさを表すのに他の花を用いても不自然ではない。ちさに関しては、

山ぢさの白露重みうらぶれて心も深く我《あ》が恋止《や》まず　（11二四六九　作者未詳）

もあり、この歌の場合、下向きに小さな白い花をつけるちさの花を、恋心に沈む我が姿のたとえとしているのである。ちさの花は、はかなさと同時に頼りなさを思わせるものであった。

ちさの花には、「……世の人の　立つる言立て　ちさの花　咲ける盛りに　はしきよし　その妻の子と　朝夕に　笑みみ笑まずも　うち嘆き　語りけまくは　とこしへに　かくしもあらめや……」（18四一〇六　大《おお》伴家持《とものやかもち》）という歌もある。

家持が、妻を顧みない尾張少咋《おわりのおくひ》を教え諭す長歌で、ちさが咲き誇っているのは、妻と喜びも苦しみも分かち合おうと誓った場面である。家持はちさの花にどのような意味を込めたのであろうか。下を向きながらも花弁をいっぱいに開く白い花の可憐さは、新妻のけなげな微笑みを想起させる。

（清水　明美）

ちさ（エゴノキ）

ちち（イヌビワ・コイチジク・イチョウ）

ちちの実の　父の命《みこと》　ははそ葉の　母の命《みこと》　おほろかに　心尽《つ》くして　思ふらむ　その子なれやも　ますらをや　空しくあるべき　（19四一六四　大伴家持《おおとものやかもち》）

（ちちの実の）父上も、（ははそ葉の）母上も、通りいっぺんの気持で、お心を尽くして下さった、そんな子であるはずがあろうか。ますらおたる者は、空しく世を過ごしてよいものだろうか。

この大伴家持の歌は、題詞に「勇士の名を振《ふ》るふことを慕《ねが》ひし歌」とあるように、勇士としての名を奮い立たせようと願う歌で、ここは長歌の前段のみを掲げた。

家持は武門の名家大伴氏の嫡流として、一族の盛衰には強い関心をもっていたことが「族《うから》を喩《さと》す歌」（20四四六五）などから知られる。この越中国守時代の歌は、左注に「山上憶良臣の作りし歌に追和」と記すように、憶良の晩年作「士《をのこ》やも空しくあるべき」（6九七八）に対応する。また、強く立派な男子、勇武をもって朝廷に仕える官人をいう、「ますらを」意識が歌を支えていることも忘れてはなるまい。

したがって、憶良への追和歌を家持が「ちちの実の　父の命　ははそ葉の　母の命」と歌い起こしているのは、今は亡き父旅人、そして奈良の都に留まっている母（実母と姑の坂上郎女）への思いが根底にあると判断される。この「ちちの実の」「ははそ葉の」の詞句は、ともに同音で父、そして母にかかる枕詞の用法。慈《いつく》しんでくれた父母の姿が樹木にイメージされた詞句で表現されたものである。おそらく家持の創意にかかる枕詞であろう。同じく家持の「防人の悲別の情を陳《の》べし歌」（20四四〇八）にも類句を見る。

「ちち」は、イチジク、イチョウなどとする説もあるが、葉や木を傷つけると白い乳液が出るイヌビワに比定する説が有力である。山地や丘陵に生える落葉低木で、果実がビワに似ていることから、その名がある。

（竹尾　利夫）

注〔編者〕右下隅の写真は「イチョウの雄花」。

ちち（コイチジク・イヌビワ・イチョウ）

つきくさ（ツユクサ）

月草《つきくさ》に衣《ころも》そ染《そ》むる君がため深色衣《ふかいろごろも》摺《す》らむと思ひて

（7一二五五）

月草（露草）で着物を染めます。あなたのために濃い藍色の衣を摺ろうと思って。

月草のうつろひ易《やす》く思へかも我《あ》が思ふ人の言《こと》も告《つ》げ来《こ》ぬ

（4五八三　大伴坂上大嬢《おおとものさかのうえのおおいらつめ》）

月草（露草）の花染めのように、移りやすい心で思っているからであろうか。私が恋しく思うあなたの言伝てもないことだ。

「つきくさ」は、一年生草木で現在のツユクサである。日本全土の道端・水田・畑地・荒地の日当たりのよい湿った場所に生えている。開花時期は初夏から初秋までであり、朝方に開花する花に、朝露が降りた情景がよく見られ、ツユクサの命名となったが、それは近世からの呼び名である。集中に九首あり、五首が「月草」、四首が「鴨頭草」と表記している。「つきくさ」が『萬葉集』に多く取り上げられた理由は、花にコンメリニンと言う青色色素が含まれており、花びらを布に当ててこすり、布を摺り染めることに多用されたことと、その染めた色が褪せやすいことに由来するのである。

一首目は、その「つきくさ」による摺り染めを正面から詠ったもの。色が褪せやすいことを捉えて、逆に濃く染めようと詠っている。二首目は、若い時の大嬢が不安な恋心を詠いあげている。衣に摺ったその色の褪せやすい特色を利用し、恋人の恋心の「うつろひ」を基軸に展開させて詠った歌である。「月草の」はウツロヒヤスシの枕詞として用いられている。また、「つきくさ」の花が、朝咲いて夕方に萎む一日花であることも、ウツロヒと関わらせているのであろう。

（佐藤　隆）

つきくさ（ツユクサ）

◇◆つぎね◆◇

つぎねふ　山背道《やましろぢ》を　他夫《ひとづま》の　馬より行《ゆ》くに　己夫《おのづま》し　徒歩《かち》より行けば　見るごとに　音《ね》のみし泣かゆ　そこ思《おも》ふに　心し痛《いた》し　たらちねの　母が形見と　我《わ》が持《も》てる　まそみ鏡に　蜻蛉領布《あきづひれ》　負《お》ひ並《な》め持ちて　馬買《か》へわが背　（13三三一四）

（つぎねふ）山背道を、よそのご主人が馬に乗って行くのに、自分の夫は徒歩で行くので、見るたびに声をあげて泣けてきます。それを思うと心が痛みます。（たらちねの）母の形見として私が持っている澄んだ鏡に、トンボの羽のように薄いショールを合わせ背負い持って行って、馬を買いなさい、あなた。

馬買《うまか》はば妹徒歩《いもかち》ならむよしゑやし石は踏むとも我《わ》が二人《ふたり》行かむ　（13三三一七）

馬を買ったらあなたは徒歩であろう。エイママヨ、石は踏んでも私たちは二人ともに歩いて行こうよ。

大和を拠点に、山背路の市や家々との往来行商を生業《なりわい》とする、貧しい一組の、共働き夫婦の情愛を歌った、甘美な問答歌四首中の二首である。

初句「つぎねふ」は山背にかかる枕詞で、語義かかり方は未詳。記紀歌謡に「都芸泥布《つぎねふ》（記五七・六一・六三）」・「菟芸泥赴《つぎねふ》（紀五三・五四・五七・五八）」とあり、『萬葉集』原文「次嶺経」の文字通り「つゞきたる嶺《みね》〳〵を経過《へすぎ》ていたる山背」（『冠辞考《かんじこう》』）とするのが妥当。『和名抄《わみょうしょう》』の「豆木祢久佐」をヒトリシズカ・フタリシズカとみる説、「附き芽（ハナイカダ）」説もある。

仁徳天皇《にんとくてんのう》と磐姫皇后《いわのひめのおほきさき》の山背筒城宮《つつきのみや》別居の嫉妬物語を対極に、ヒトリシズカ・フタリシズカの咲き乱れている山路を、ふたり手携え、いたわりあいながらの、甘美な道行の情景を彷彿と思い描いてみることも一興である。

（川上　富吉）

つぎね（ヒトリシズカ・フタリシズカ）

つげ（ツゲ）

君なくはなぞ身装《よそ》はむくしげなる黄楊《つげ》の小櫛《をぐし》も取らむとも思《も》はず

（9一七七七　播磨娘子《はりまのおとめ》）

あなたがいなかったら、なんで身を飾りましょうか。櫛笥に入っている黄楊の櫛も手に取ろうとは思いません。

この歌は、石川大夫《いしかわのまえつきみ》が播磨の国での任を終え上京することになった時、播磨娘子が石川大夫に贈った歌である。石川大夫とは霊亀《れいき》元（七一五）年正月播磨守になった石川君子《きみこ》のことで、播磨娘子は技芸にすぐれた遊行女婦《うかれめ》であろうという考えによれば、送別の宴で披露された社交的な歌となる。そうであったとしても、愛する人がいなくなったら、身を装うことも髪を梳ることも何の意味もない、という嘆きは女心を歌って妙である。多くの植物辞典の「つげ」の項でとりあげられる歌がこの歌であることは、納得のいくことである。

「つげ」は関東以南の暖かい山地に生える常緑高木。黄白色、材質は緻密でかたいので、櫛や枕に加工された。『萬葉集』に六例みえ、「つげくし」、「つげ（の）をぐし」として五例、「つげまくら」とあるものが一例で、つげの木そのものを歌うのはない。「つげまくら」の例は「夕されば床の辺去らぬ黄楊枕《つげまくら》なにしか汝《なれ》の主《ぬし》待ちかたき」（11二五〇三　人麻呂歌集）である。この歌は女性の歌で、つげ枕に向ってどうしておまえは主人に逢うことができないのか、と枕に恋する人が通ってこない理由を尋ねている歌である。『新古今和歌集《しんこきんわかしゅう》』でも、「つげのまくら」（11一〇三六、18一八〇九）、「つげのをぐし」（17一五九〇）とあり、櫛や枕の材料として歌われる。『萬葉集』でもそうだが、恋人との逢瀬、共寝を連想させるところから恋の歌に用いられる語である。『萬葉集』には枕は「こも枕」、「すが枕」、「くさ枕」などあるが、「つげ枕」は高級品。

（小野寺　静子）

つげ（ツゲ）

つた（テイカカズラ）

……うつせみの世の理《ことわり》とますらをの引きのまにまにしなざかる越《こし》路《ぢ》をさして延《は》ふつたの別れにしより沖つ波とをむ眉引《まよび》き大船のゆくらゆくらに面影にもとな見えつつ……（19四二二〇　大伴坂上郎女《おおとものさかのうえのいらつめ》）

……（うつせみの）世の中の道理として、ますらおの招きに応じて（しなざかる）越路をさして、（延ふつたの）別れた日から、（沖つ波）たおやかな眉が（大舟の）ちらちらと面影にむやみに見えて……

大伴坂上郎女の娘である坂上大嬢《おおいらつめ》が、夫・大伴家持《やかもち》の赴任先である越中国に旅立って後、越中国へ贈った長歌である。娘が夫に従い遠い越中国に行くのは世間一般の道理である、と十分わかっていても、別れた日から娘の面影がむやみに見えると、辛い気持ちを歌っている。この長反歌は坂上郎女の最後の歌で、老齢になった坂上郎女にとっては耐えがたい別れであった。「延ふつたの」は「別る」にかかる枕詞の働きをしていて、この枕詞は「つた」の蔓が延びて分岐するところから「別る」を引き出す。

「つた」はぶどう科の多年生のつる草。岩間、樹下などにからみつき密着しながら伸びていく。ただし『萬葉集』の「つた」はキョウチクトウ科のテイカカズラではないか、とする考えもある。五首に見えるが、全て「延ふつたの」で四首は枕詞、一首は序詞中に出てくる。また、「石《いは》つなの」（6一〇四六）の「つな」、「つのさはふ」（3二八二、他四例）の「つの」も「つた」の音交替形で「つた」のことと考えられている。「石つなの」「つのさはふ」も枕詞である。『伊勢物語《いせものがたり》』では在原業平《ありわらのなりひら》東下りの段（九段）に、「わが入らむとする道は、いと暗う細きに、つたかへでは茂り、物心ぼそく」、また『新古今和歌集《しんこきんわかしゅう》』に「うつの山夕霜はらふつたの下道」（10九八二　定家《ていか》）とある。これらは、つたの茂る心細い山道の実景である。

（小野寺　静子）

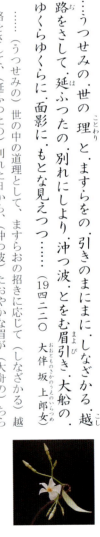

つた（テイカカズラ）

つつじ（ツツジ）

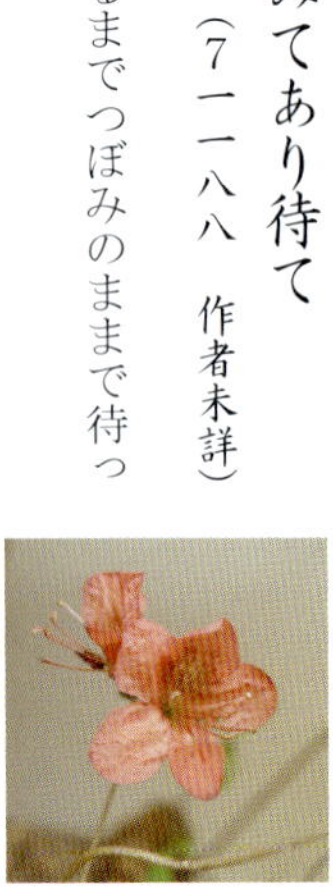

山越えて遠津の浜の岩つつじ我が来るまでに含みてあり待て

（７―一一八八　作者未詳）

山を越えて遠く行く遠津の浜の岩つつじよ、私が帰ってくるまでつぼみのままで待っていてくれ。

この歌では「岩つつじ」に、自分が帰るまでは咲くなと願っている。「つつじ花」がしばしば五感で感得する美を表す「にほふ」を導くことや、「桜」とともに称され、美しい乙女の象徴として表現されてもいることから、今考える以上に人々に愛でられた代表的な花であったとみられる。

「つつじ」は『萬葉集』に九例あり、主にヤマツツジを詠んだといわれている。「菌花」「乍自」「管仕」「管自」「管士」「都追慈」と表記されており、『和名抄《わみょうしょう》』では「羊躑躅」にイハツツジをあてる。「岩つつじ」とあるのは、岩の上に群生する生態を持つサツキツツジである可能性が高い。「躑躅」の表記は、レンゲツツジなどが毒性を持つことに由来するとされる。一方で、「白つつじ」も詠まれている。ヤマツツジにせよサツキツツジにせよ、園芸種以外で白色の花の固定種が稀であることから、別種かという。

たくひれの鷺坂山の白つつじ我ににほはね妹に示さむ　（９―一六九四　柿本人麻呂《かきのもとひとまろ》歌集出）

この歌は「鷺坂」（京都府城陽市）という地名に関連して、白い鳥であるサギを導くのにコウゾの繊維を用いた白色の布である「たくひれ」が表現され、「白つつじ」が詠まれたとみられ、白色のツツジとは観念的な表現との指摘もある。他方で「丹《に》つつじ」（６―九七一　高橋虫麻呂《たかはしのむしまろ》）の例があり、ツツジといえば赤色系の花色が基本であるのにあえて「丹」を冠したところに、作者である高橋虫麻呂の言語感覚をみる。

（井上　さやか）

つつじ（ツツジ）

つばき
（ヤマツバキ）

河上《かはのへ》のつらつら椿《つばき》つらつらに見れども飽かず巨勢《こせ》の春野は
（1五六　春日蔵首老《かすがのくらのおびとおゆ》）

河のほとりに点々と連なって咲くつらつら椿を、つらつらと——つくづくと見ても見飽きることはない、巨勢の春野の風景は。

「つらつら椿つらつらに」という、「つ」音の連続がリズミカルで印象深いこの歌は、思わず口遊んでみたくなる一首である。

『萬葉集』につばきを詠んだ歌は九首あるが、河辺のつばきはこの歌だけの景である。これは、『古事記《こじき》』で仁徳《にんとく》天皇の大后石之《いわの》日売命《ひめのみこと》が、山代川のほとりのつばきを「斎《ゆ》つ真椿」と謡っていることを彷彿とさせる。眼前の巨勢の春野の景を愛でつつ、つばきの持つ聖性を想起させる歌だともいえよう。

「つらつら椿」の解釈については、『萬葉集注釋』が「その赤い花の、繁つた葉の間に點々と連なつてゐる椿を、海上に點々と浮ぶ小舟をつららにといふに同じく」とし「極めてすなほにうなづける形容」（1五四注）と注している。

いつの春だったか、北鎌倉の浄智寺から源氏山の葛原ヶ岡神社へ、山道を辿った。道々、小ぶりのヤマツバキの花が散り落ちているのに気づいて見回すと、見上げるように背の高いヤマツバキの木がトンネルのようになって、山道を行く人を導くように赤い花を点々とつけていた。「見れども飽か」ぬヤマツバキであったが、歩きながら花を見ようとすると、足元が危うくなるのだった。

（太田　真理）

つばき（ヤマツバキ・サンゴミズキ）

つばな（チガヤ）

我《あ》が君に戯奴《わけ》は恋ふらし賜《たば》りたる茅花《つばな》を食《は》めどいや痩せに痩す
（8一四六二　大伴家持《おおとものやかもち》）

主君様に未熟な若者はどうも恋いこがれているようです。頂戴しました「つばな」を口にしましても、痩せてゆくばかりですので。

「つばな」は花らしくない、穂というのが近いと思うが、白くなったのは花の後のすすけた穂であり、薄い赤紫色をした当初が「花」である。これはススキと同じだ。ススキも、穂になる前の赤い時を尾花と言う。萬葉人はよく観察していると感嘆するが、当時は植物の生態と共に生活しているから、驚く方がおかしいのであろう。すすけた白い穂になってしまっては「つばな」の味がしない。花の旬《しゅん》の時に取ると、かすかながらも甘味が口の中に漂う。子どもの頃の記憶が蘇《よみがえ》ってくる。

右の家持の歌は、紀女郎《きのいらつめ》の次の歌に返した二首中の一首である。

戯奴《わけ》がため我《あ》が手もすまに春の野に抜ける茅花《つばな》そ召《め》して肥えませ
（8一四六〇　紀女郎）

紀女郎は今一首「合歓木《ねぶ》の花」の歌（8一四六一）と合わせて二首を家持に贈っている。彼女は十歳ほど年上の女性で、軽口をはずませる仲である。まず紀女郎から、未熟な若者というからかいの「戯奴」の造語を用いて、この「つばな」で肥えなさいと言いかけて来ている。「つばな」はチガヤ（イネ科）の花であり、溢れるほどに野に満ちているが、旬を逃がしてしまってはすぐに白い穂へと変じてしまう。その「つばな」は大量に食べられるものではないし、食べても肥えることはない。そこがからかいの妙味である。対して家持は、「つばな」効果も無くて恋の思いで私は痩せる一方ですと、みごとに即応している。

（廣岡　義隆）

つばな（チガヤ）

つまま（タブノキ）

磯の上のつままを見れば根を延へて年深からし神さびにけり

（19四一五九　大伴家持《おおとものやかもち》）

磯の上のつままを見ると、逞しく根を張って年月を長く経ているらしい。神々しいことだ。

題詞によると、家持は、天平勝宝《てんぴょうしょうほう》二（七五〇）年三月九日、出挙《すいこ》のための巡行で氷見市の南、布勢水海《ふせのみずうみ》の西岸にあった旧江《ふるえ》村に行く途中、渋谿《しぶたに》の崎を過ぎたとき、巌の上に逞しく根をせり上げて立つ「つまま」を見て作ったとある。

橋本達雄氏（『大伴家持』集英社）によると、家持はこの「つままの樹」を見ながら、天平二（七三〇）年父旅人《たびと》が大納言になって大宰府から上京する途次の作、

吾妹子が見し鞆の浦のむろの木は常世《とこよ》にあれど見し人そなき　（3四四六）

磯の上に根延ふむろの木見し人をいづらと問はば語り告げむか　（3四四八）

を思い出していたという。「つまま」と「むろの木」は、

ともに海岸の巌上に立ち、樹齢を経た巨木であることが共通する。そしてなによりも旅人の「磯の上に根延ふ」はそのまま家持の「磯の上」「根を延へて」にかさなり、旅人の「常世（永久）にあれど」は家持の「年深からし神さびにけり」と響き合っている。

と。

家持は、「つまま」に重ねて、旅人の「むろの木」を思い浮かべ、大宰府で妻を失って上京する傷心の父旅人の姿をそこに見ていたのであろうか。

（露木　悟義）

つまま（タブノキ）

つるばみ（クヌギ）

紅《くれなゐ》は移ろふものぞ橡《つるばみ》のなれにし衣《きぬ》になほ及《し》かめやも
（18四一〇九　大伴家持《おおとものやかもち》）

鮮やかでも紅は色の褪《あ》せやすいもの。地味な橡染めの着馴れた衣にやはり及ぶことがあろうか。

クヌギの古名である「つるばみ（橡）」を詠んだ歌は集中に六首。掲出歌を含め「橡の衣《きぬ》」（7一三一一）、「橡の一重《ひとへ》の衣《ころも》」（12二九六八）などと、いずれも衣と関連して歌に詠まれている。「つるばみ」は『本草和《ほんぞうわ》名《みょう》』に「橡実、和名　都流波美乃美」とあり、その実は通称ドングリと呼ばれる。これを煮立て鉄を媒染剤として染めた衣が「橡の衣」であった。なお、注釈書の多くは、橡染めの衣を奴婢や庶民の日常着とするが、近年、平城京の長屋王《ながやのおおきみ》邸宅跡から出土した古代木簡の一つに「以大命符……橡煮遣絁五十匹之中伊勢絁十四大御服」とあったことは注目してよい。長屋王も普段着には橡染めの衣を用いていたからである。

さて、掲出の歌は天平勝宝《てんぴょうしょうほう》元（七四九）年、大伴家持の越中国守時代の作。都に妻を残して越中へ赴任して来た史生（記録係）尾張少咋《おくい》が左夫流児《さぶるこ》という遊女に魅せられて、妻を顧みなくなることがあった。これは題詞に「尾張少咋を教え喩《さと》す歌」とあるように、国守の家持が、部下の素行を見とがめ教戒を与えた歌である。

一首は、華やかな紅に染めた衣（遊女）と、地味な橡で染めた衣（妻）とが対比される。ベニバナ染めの派手な紅衣は、初めはその美しさに目をひかれるが、やがて色褪せてくる。それに比べると橡染めは地味ではあるが着馴れた衣であるとする。つまり、馴れ親しんだ妻を大切にせよ、というのが家持の結論であった。なお、これには後日談がある。少咋の妻が都から早馬で越中へ駆けつけて来たというのだ。果たして本当であろうか。

（竹尾　利夫）

つるばみ（クヌギ）

なぎ（ミズアオイ）

醤酢《ひしほす》に蒜《ひる》搗《つ》き合《あ》へて鯛《たひ》願ふ我《われ》にな見《み》えそ水葱《なぎ》の羹《あつもの》
（16三八二九　作者未詳）

蒜を搗いて醤と酢に混ぜたタレを鯛にかけて食べたい。（いつも食べている廉価の）水葱の羹（吸い物）は私の前から消えてくれ。

題詞によれば、酢・醤《ひしほ》（もろみに似た調味料）・蒜《ひる》（らっきょう・ニンニク等）・水葱《なぎ》を詠んだ歌。宴会等で、上記の物の名を入れることを要求されて、即興で詠んだ歌。瞬時に詠む機転と、内容の面白さが宴会では好評を博した。

水葱は一年草。染料もしくは食用にする。青菜の三分の一の価格とされる。水田・沼等の浅い水の中に生える。「苗代《なはしろ》の小水葱《こなぎ》」（14三五七六）とある。『延喜式《えんぎしき》』によれば、都に水田を作ることは禁止されたが、水葱・芹・蓮の類は路頭の湿地帯に植えることが許されていたので栽培した。萬葉にも「植《う》ゑし小水葱」（3四〇七）と詠まれる。都でも簡単に手に入る日常的な食材だが、「水葱の下《もと》　芹《せり》の下　我は苦しゑ」（天智《てんち》紀一二六番歌謡）とあり、淀みに生える姿には息苦しさを感じる。三八二九番歌は、「毎日毎日安い水葱なんぞ食べさせやがって。たまには豪勢に鯛を食べたい」という庶民の心を代弁した点がうけたのだろう。

春霞《はるがすみ》春日《かすが》の里の植ゑ小水葱《こなぎ》苗《なへ》なりと言ひし柄《え》はさしにけむ
（3四〇七　大伴駿河麻呂《おおとものするがまろ》）

坂上《さかのうへの》二《じ》嬢《じよう》（駿河麻呂の又従兄弟《またいとこ》）の幼少期を「小水葱」に喩える。同様に女児に喩える例は東歌にもある（「植ゑ小水葱かく恋ひむとや」14三四一五）。入手が簡単な水葱に、恋を知らぬ幼い女児を重ねる。だが、その後成人した女のために逆に恋に悩まされる。三八二九番歌の鯛・水葱も女性の比喩かもしれない。

（飯泉　健司）

なぎ（ミズアオイ）

なでしこ（カワラナデシコ）

なでしこが花見るごとに娘子《をとめ》らが笑《ゑ》まひのにほひ思ほゆるかも
（18四一一四　大伴家持《おおとものやかもち》）

なでしこの花を見るたびに、いとしい妻の笑顔の美しさが思い出されることよ。

天平感宝《てんぴょうかんぽう》元（七四九）年閏五月二六日、越中守大伴家持が庭の花を詠んだ歌である。「娘子」は坂上大《さかのうえのおお》嬢《いらつめ》をさし、「ら」は接尾語。「笑まひのにほひ」は笑顔のあでやかさ。家持はなでしこの花を見、大嬢を思い出している。

なでしこの花は家持が好んだ花。『萬葉集』には二六首、二八例見えるが、そのうち一一首、一二例が家持のものである。家持歌の特徴は、なでしこが女性を思い起こすよすがとなる花として詠まれることである。家持は坂上大嬢、亡妾、紀女郎《きのいらつめ》をなでしこになぞらえ、笠《かさの》女郎は家持がなでしこであったら、と詠んでいる。また、なでしこが咲くころの家持が同席する宴では、宴の出席者たちが家持の好みを考え、たびたびなでしこを歌った。その極端な例が、天平勝宝《しょうほう》三（七五一）年正月二日に越中守大伴家持の館で開かれた宴で、掾久米広縄《くめのひろなわ》が「なでしこは秋咲くものを君が家の雪の巌《いはほ》に咲けりけるかも」（19四二三一）という歌である。これは、降り積もった雪に、重なる岩山のそそり立ったさまを彫刻して、草木の花を彩る趣向がしてあったから作られた歌である。家持のなでしこへのこだわりが現れている。

なでしこ科の川べりの土手や海辺の草地などに自生する多年生草本。かわらなでしこ。夏から秋にかけて淡紅色の花が咲く。花弁は五枚で縁がこまかく裂けている。庭に移植したり、種を蒔いたりした。『古今和《こきんわ》歌集《かしゅう》』をはじめ『後撰和歌集《ごせんわかしゅう》』、『拾遺和歌集《しゅういわかしゅう》』などにも見える。

（小野寺　静子）

なでしこ（カワラナデシコ・ハコネシダ）

にこぐさ（アマドコロ）

葦垣の中のにこ草にこよかに我と笑まして人に知らゆな

（11二七六二　作者未詳）

葦垣の中の柔らかいにこ草。そのようににこやかに私に向かってほほえんで他の人には二人のことを知られないでください。

類想歌とされるものに大伴坂上郎女《おおとものさかのうえのいらつめ》の「青山を横切る雲のいちしろく我と笑まして人にしらゆな」（4六八八）の歌がある。

「われと笑まして人に知らゆな」と相手のほほえみをうれしいと思いながらもそのほほえみによって二人の仲を人に知られてしまうことを危れている部分は同じであるが、坂上郎女の歌では、相手の笑みは青々とした山を横切っていく白い雲のようにはっきりとしたものであるのに対して、この歌の相手の笑みはにこやかにとなっており、やさしいほほえみであることが想像できる。うれしそうに笑いかける様子へと導く序として使われる「にこ草」はやさしさ柔らかさを強くイメージしたものである。

「にこ草」はこの歌の他に三首あるがそのなかで同じように笑みへと繋がっていくのは七夕を歌った「秋風になびく川びのにこ草のにこよかにしも思ほゆるかも」（20四三〇九）で、一年間耐えた結果逢えるうれしさについほほえみがこぼれてしまう様子が詠まれる。

この歌の「にこ草」とは葦垣に使う葦に混ざって垣の中に入れられている草のこと。草の名前は明らかではなく柔らかい草という意味で使われたものである。

花は「あまどころ」。春に葉の付け根から筒状白い花を下向きに咲かせる。新芽は食用にする。

（浅野　則子）

にこぐさ（アマドコロ）

ぬばたま
（ヒオウギ）

居明かして君をば待たむぬばたまの吾が黒髪に霜は降るとも

（2八九　或本歌）

このまま夜を明かして、あなたのことを待とう。漆黒の私の黒髪に霜が降ろうとも。

『萬葉集』巻二「相聞」の冒頭には、磐姫皇后《いわのひめのおおきさき》が仁徳天皇《にんとくてんのう》のことを思って作った四首（2八五～八八）が載せられている。その四首は見事な起承転結的構成を持つが、その三首目に、

ありつつも君をば待たむうち靡く吾が黒髪に霜の置くまでに

（2八七　磐姫皇后）

という一首がある。当面の歌は、その「或本歌」として載せられたもの。確かに、一首の意味するところはほぼ同じであるように見える。

「居明かして」の歌は、寒い冬の夜、男を待って一晩立尽くしたことをうたったもの。それ対して、「ありつつも」の歌の「霜」は白髪の喩で、たとえ何年でも待ち続けようというものである。また、「ぬばたまの」は髪の黒さに注目した表現であるのに対して、「うち靡く」は髪の豊かさに重点を置いた表現である。どちらも元は美しかったのだが、一方は霜にさらされて、みすぼらしい髪となり、もう一方は、年をとって、容色の衰えることを示している。

「ぬばたま」は、ヒオウギの花が咲いた後にできる種子を指すとするのが通説である。また、枕詞「ぬばたまの」は「黒髪」のほか、「夜」「夢」「妹」など、黒いもの、夜に関わる語を導き出す。ヒオウギの種子はまさに漆黒で、女性の髪の艶やかさの喩としてふさわしい。

（梶川　信行）

ねっこぐさ（オキナグサ）

ねぶ（ネムノキ）

昼は咲き夜は恋ひ寝《ぬ》る合歓木《ねぶのき》の花君のみ見めや戯奴《わけ》さへに見よ
（8一四六一　紀女郎《きのいらつめ》）

昼は咲き、夜は恋い心を懐いて寝る合歓木の花よ。主人である私だけが見てよいものか。召使いのお前も見なさい。

合歓木は、マメ科の落葉高木。夏に淡紅色の花をつける。「ねぶ」の名前は、夜は葉を閉じて寝ているように見えることに由来する。歌は紀女郎が大伴家持《おおとものやかもち》に贈ったもの。合歓木の花の象徴として「夜は恋ひ寝る」を言い、家持に恋い思い寝るという気持ちを伝えることが主題となった歌である。集中三例ある「ねぶ」の用字は全て「合歓木」とあり、官能的な雰囲気を出す。しかし紀女郎は家持と同世代の友人市原王《いちはらのおおきみ》の母になるので、家持からははるかに年上である。だから自分を主人として、家持は召使いという関係で歌う。戯笑的に相聞の遊びをしていると見なければならない。この歌は「春相聞」部にあり、季節が合わないが、同時に彼女は「君がため我が手もすまに春の野に抜ける茅花《つばな》ぞ食して肥えませ（8一四六〇）」も贈っているので、編纂者の分類に依ったものである。

この合歓木の花の歌に対して、家持は「我妹子《わぎもこ》が形見の合歓木《ねぶ》は花のみに咲きてけだしく実にならじかも（8一四六三）」と返す。自分たちの恋は華やかだがすぐに色褪せてしまう花ばかりであって、本当の恋とはなりませんねと少し冷ややかに言ったもの。恋の歌によくある言い方であるが、恋の駆け引きの常道を歌う。ちなみに「茅花」の歌は、食べてもますます痩せることを言い、恋わづらいであることを訴える。女郎も上から目線であるが、恋の情熱と冷ややかな態度を一対にした家持の切り返しもしたたかである。

（吉村　誠）

ねぶ（ネムノキ）

はぎ（ハギ）

石瀬野《いはせの》に秋萩しのぎ馬並《な》めて初鳥狩《はつとがり》だにせずや別れむ
（19四二四九　大伴家持《おおとものやかもち》）

石瀬野で秋萩を踏みしだき、馬を並べて最初の鷹狩さえしないで別れるのか。

秋の七草の筆頭にあげられる萩――。萩は『萬葉集』に一番多く詠まれている花で一四〇首を越える。「萩」という字は、これ以上思いつかないほど秋を代表する花にふさわしい漢字だが、実は『萬葉集』にはない。「萩」は平安時代以後の国訓で、『萬葉集』では「芽子」と書く。古い枝には花をつけず、刈り取った根から毎年芽が出て花をつけるので「芽子」の字が当てられたようである。

萬葉以来、秋の風情として秋風・露・月・雁などと取り合わせて詠まれてきた。『小倉百人一首《おぐらひゃくにんいっしゅ》』の「奥山にもみぢ踏み分け鳴く鹿の声聞く時ぞ秋はかなしき」（猿丸大夫《さるまるだゆう》）は、『古今集《こきんしゅう》』（4二一五）にも載る歌だが、歌の配列から「もみぢ」は、楓のような葉ではなく、色づいた萩のこととして解釈すべき歌なのである。萩の美しさは、鹿の妻として擬人化された形でも詠み継がれていく。

冒頭の歌は、三十四歳の大伴家持が五年間の越中国守《えっちゅうこくしゅ》（今の富山県知事相当の職）の任を終えて帰京する時の悲別歌。頻繁に歌を交わしていた掾《じょう》（今でいう課長級の役職）の久米広縄《くめのひろなわ》は、生憎出張中だったので、家持はこの歌を部下に残して旅立った。寝室で鷹を飼うほど鷹狩り好きであった家持。萩が入り乱れる野を、鷹を肩に乗せ、馬を並べて歩く美しい男二人の姿が幻視される歌だが、近年まで萩の枝葉は、家畜飼料としても有用だった。秋野に咲く萩は、歌人のみならず、鹿や馬にも好まれたのだろう。

（田中　夏陽子）

はぎ（ハギ）

はちす（ハス）

勝間田《かつまた》の池は我《われ》知る蓮《はちす》なし然《しか》言ふ君がひげなきがごとし

（16三八三五　新田部親王《にひたべみこ》の婦人）

勝間田の池は私もよく存じてます。蓮なんかありませんよ、あなたに鬚《ひげ》がないように。

左注によれば、新田部皇子が、勝間田池の水面に揺れる蓮を見て感動した。そのすばらしさを婦人に告げたところ、婦人は戯れにこの歌を詠んだという。「蓮なし」「ひげ（鬚＝ほほのひげ）なき」をめぐっては様々な解釈が可能。①皇子にひげがないことを揶揄して実際には蓮もない、②蓮が多いこと、皇子にひげが濃いことを反対に述べた、③恋多き皇子に蓮《れん》＝恋《れん》なしと言って皮肉った、④ひげのない皇子（男としての魅力がない）には恋（＝蓮）もない、など。蓮に「恋」「憐」を掛けるのは漢籍の影響とされる。

古代人は蓮に溜まった水に注目する。

ひさかたの雨も降らぬか蓮葉《はちすば》に溜れる水の玉に似る見む　（16三八三七）

……蓮葉《はちすば》に溜《た》まれる水の行《ゆく》へなみ我《あ》がする時に逢ふべしと逢ひたる君を……　（13三二八九）

蓮の水に女性（玉）、行方のわからない不安定な恋を読み取ることも出来る。また若人に喩える例もある。

日下江の入江のはちす花はちす身の盛り人羨《とも》しきろかも　（『古事記《こじき》』・雄略《ゆうりゃく》天皇条　九五番歌謡）

蓮は、大型の多年生水草。蓮の花は、最長で七日間開閉を繰り返す。短く咲く花に、若者の短い時間、短い恋の逢瀬（花と水との短い出会い）を感じ取る。後世仏教の影響によって「蓮」の歌は多く詠まれるが、古代においても短い時間（宿世）を看取させる植物であった。

（飯泉　健司）

はちす（ハス）

はなかつみ（ヒメシャガ）

をみなへし佐紀沢に生ふる花かつみかつても知らぬ恋もするかも

（4六七五　中臣女郎《なかとみのいらつめ》）

をみなえしが咲くという佐紀沢に生い茂る花かつみの名のように、かつて味わったことのない恋さえもすることです。

中臣女郎が大伴家持《おおとものやかもち》に贈った五首のうちの一首である。「をみなえし」が「佐紀沢」（奈良市佐紀町の水上《みずかみ》池か）の枕詞、「花かつみ」までが「かつて」を導く序詞。沢に生える「花かつみ」の情景によって、今まで抱いたことのない切ない恋の思いが印象づけられている。

「花かつみ」は、『古今集《こきんしゅう》』に、

みちのくのあさかの沼の花かつみかつみる人に恋ひや渡らむ
（恋歌四、14六七七　詠み人知らず）

とあり、「沢」や「沼」などの湿地に生息する浮草などさまざまな説がある。『能因歌枕《のういんうたまくら》』ではマコモ（イネ科）とするが、定かではない。「花」が咲く植物としては、アヤメ科のノハナショウブ・ヒメシャガなどがあてられている。ヒメシャガは、五・六月に約五センチの薄紫色の小さく可憐な花を咲かせる多年生植物である。「あさか」の地であるとされる福島県郡山市は、ヒメシャガを市の花としている。

松尾芭蕉は、「花かつみ」を求めて福島の「あさか」の地を尋ね歩いたが、「花かつみ」を知る者はおらず、日暮れを迎えたという（『奥《おく》の細道《ほそみち》』）。

ともあれ「花かつみ」は、和歌の世界に咲く、深い恋の思いを彩る花なのである。

（倉住　薫）

はなかつみ（ヒメシャガ）

はねず（ニワウメ）

思はじと言ひてしものをはねず色の移ろひやすき我が心かも

（4六五七　大伴坂上郎女《おおとものさかのうえのいらつめ》）

もう恋などすまいと言っていたのに。はねず色のように変わりやすい私の心よ。

大伴坂上郎女による恋の歌六首のうちの一首。褪せやすい色を比喩に、心変わりした相手をなじり自分の心は変わらないことを誓う歌はあるが、この歌のように自分自身の心が移ろいやすいことを詠む例は珍しい。六首の中には、やっと逢えたこのときだけでいいからうれしい言葉を言って欲しい、という現代人にも訴えかけるような心情を詠んだ歌もある。恋歌の名手とも評される坂上郎女の面目躍如というところか。

「はねず色」は朱赤系の色名であるとみられ、「紅」などと同様に、退色しやすいものの象徴として歌に詠まれた。『日本書紀《にほんしょき》』巻第二十九天武《てんむ》天皇十四（六八五）年秋七月条に、「浄位」以上の者は「朱花」を着ることとされており、注に「朱花、此れを波泥孺（はねず）と云ふ」と記されている。

「はねず」は、バラ科のニワウメとされる。『萬葉集』に四例あり、大伴家持《やかもち》の歌の題に「唐棣花歌」とあり、歌の本文には「波祢受」と書いた例があることから、「唐棣（花）」をハネズと訓じていたことがわかる。花を詠んだ歌は次のようである。

夏まけて咲きたるはねずひさかたの雨うち降らばうつろひなむか

（8一四八五　大伴家持）

ハネズは『和名抄《わみょうしょう》』には見あたらないが、『本草綱目《ほんぞうこうもく》』に「唐棣」とある。ただし、この「唐棣」は「扶移（ふい）」とされ、ニワウメでなくザイフリボクの類という。花色も白で、「はねず色」にはそぐわない。

（井上　さやか）

はねず（ニワウメ）

はは
（バイモユリ）

時々《ときどき》の花は咲けども何すれそ母とふ花の咲き出来《でこ》ずけむ
（20四三二三　遠江国防人丈部真麻呂《はせつかべのまろ》）

これまで故郷で、季節季節にそれぞれの花が咲いていたのに、どうして、ハハという名の花は、咲いて私の眼に焼き付くことはなかったのだろうか。

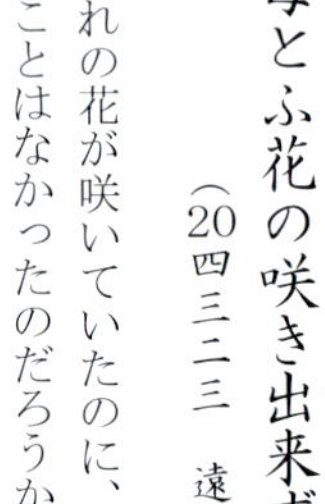

『萬葉集』には、天平勝宝七《てんぴょうしょうほう》（七五五）歳に召集された防人《さきもり》たちの歌が収められていて、歌の幅と層を厚くしている。この一首は、遠江国山名郡《とほつあふみのくにやまなのこほり》、現在の静岡県磐田市から徴兵された男による、つぶやきのような一首である。第一次集結地の国府への道中で、同行の防人から「ハハという名の花がある」と聞いたのである。花が話題の中心というよりは、家に残して来た母が話題の中心であり、そう言えばハハという名の花があると耳にしたのに違いない。「とふ」の語がそれを示している。「とふ」とは「と言《い》ふ」が縮《ちぢ》まった言い方である。「といふ」とは、そのものについてよく知らない場合に使う語である。道中で見なかったとしたいところであるが、遠江国一行の歌が提出されているのは旧暦二月六日（太陽暦三月二十三日）である。道中で花を見ることはない。故郷でこれまでに、その花を見ることは無かったという述懐であり、母恋しさの思いをこの形にした一首である。歌の披露は国府での送別の宴の席であろう。実は類歌がある。

本毎《もとごと》に花は咲けども何《なに》とかも愛《うつく》し妹《いも》がまた咲き出来《でこ》ぬ
（『日本書紀《にほんしょき》』歌謡一一四　野中川原史満《のなかのかはらのふひとまろ》）

この歌を改作したのか、あるいはこの歌の類歌を知っていてそれを改作したのかはわからないが、防人の丈部真麻呂は、今一ひねりして、自分の歌としたのである。

バイモ（貝母）はユリ科の花であり、古名を「ははくり（波々久利）」（『新撰字鏡《しんせんじきょう》』）という。

（廣岡　義隆）

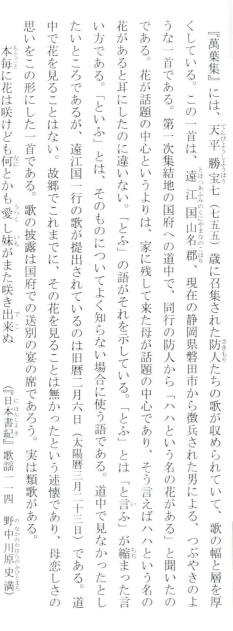

はは（バイモユリ）

はまゆふ（ハマユフ）

み熊野《くまの》の浦の浜木綿《はまゆふ》百重《ももへ》なす心は思へど直《ただ》に逢《あ》はぬかも

（4四九六　柿本人麻呂《かきのもとのひとまろ》）

み熊野の浦の浜木綿の花がみごとに咲き重なっているように、幾重にも幾重にも続けて心では思うけれども、直接会えないことよ。

「はまゆふ（浜木綿）」は本来熱帯の海浜植物である。その種子が黒潮に乗り流れて、日本の九州から三浦・房総半島、また、若狭の地までの各地に自生していたと推察される。

都人には、辺境の浜辺に群生する大型の珍しい植物と受け止められていた。人麻呂はその「はまゆふ」を序の表現の中に用いている。集中唯一の歌であるが、萬葉人には共感できる植物であり花であったのである。

「はまゆふ」は、常緑の葉の様子が「おもと（万年青）」のようであることと生えている場所から「はまおもと（文殊蘭）」と呼ばれる。現在は沖縄から関東地方の主に太平洋岸の海岸の砂地に生え、特に三重県熊野に隣接する和歌山県新宮市三輪崎の孔島が、「はまゆふ」の群生地として有名である。

「はまゆふ」と呼ぶことについては二説ある。茎の皮が白い薄紙状で幾重にもなっていることからの名称とする『仙覚抄《せんがくしょう》』からの説と、純白の花に注目し、白く垂れる花が、木綿（楮の皮をはぎ、その繊維から糸状にしたもので、幣として祭事に榊につける。）のようであるとする説である。外から見えない茎よりも純白の花が群生している様子から生まれた表現を捉えたい。「熊野の浦」とあることから、海路を行き、浜に目を向けた人麻呂の記憶が開花した歌と推察する。同じ人麻呂歌（2一九九）に「木綿花の」の語がある。ヒガンバナ科、夏に葉の間から花茎を直立させ、その先端に多くの白花が傘状に咲き芳香を放つ。

（佐藤　隆）

はまゆふ（ハマユフ）

はり（ハンノキ）

白菅《しらすげ》の真野《まの》の榛原《はりはら》心ゆも思はぬ我《われ》し衣《ころも》に摺《す》りつ　（7一三五四　作者未詳）

（白菅の）真野の榛原を夢にも思ったことのないわたしが、衣に摺り染めにしてしまった。

カバノキ科の落葉高木で高さは一五〜二〇メートルにも及ぶ。花は葉に先立って二月〜四月にかけて咲き、一〇月ごろに実をつける。この実が古くから黒色系の染料として用いられた。

『萬葉集』には「白菅の真野の榛原」（3二八〇）とか「島の榛原」（7一二六〇）「伊香保ろの沿《そ》ひの榛原」（14三四一〇）のように特定の地名に結びついた例が多く見られる。萬葉の時代には低湿な平地などにハンノキの群生する状態があちらこちらで見られたのであろう。

榛をよんだ『萬葉集』の表現で特徴的なのは、衣服を染めることを詠み込んでいる例が多いことで、全用例の七割に近い。「住吉《すみのえ》の遠里小野」（7一一五六）はその群生地のひとつで、住吉の地と榛の木染めの結びつきは「住吉の遠里小野のま榛もちにほしし衣に高麗錦紐に縫ひつけ」（16三七九一）ともあることから、榛の木染めブランドのような付加価値もあったか。

衣を「摺る」、「にほふ」といった語感が、男女の恋愛模様を連想させることにより、恋の歌として好まれた。

平安期以降は、『萬葉集』で多くうたわれた「はり」が「はぎ（萩）」に転じて「白菅の真野の萩原」（『金《きん》葉集《ようしゅう》』秋3二二九）などとうたわれるようになり、榛自体が歌材として用いられることはなくなっていった。

（城﨑　陽子）

はり（ハンノキ）

◇◆春菜・若菜（はるな・わかな）◆◇

籠《こ》もよ　み籠持ち　ふくしもよ　みぶぐし持ち　この岡《をか》に　菜摘《なつ》ます児《こ》　家告《いへの》らな　名告《なの》らさね　そらみつ
大和《やまと》の国は　おしなべて　我《われ》こそ居《を》れ　しきなべて　我こそいませ　我にこそは　告らめ　家をも名をも
（1一　雄略天皇）

かごよ　良《よ》いかごを持ち　堀串《ふぐし》もよ　良い堀串を持って　この岡で　若菜を摘んでいらっしゃる乙女よ、家を告げなさいな　名を名乗《なの》りなさいな。（そらみつ）大和の国は　ことごとく私が治《おさ》めているのだ。すべて私が支配していらっしゃるのだ。私にこそは　名乗《の》りなさい　あなたの家をも名前をも。

豊穣予祝の神饌・天皇への御饌《みけ》料としての春の若菜を摘む野遊びの儀礼に奉仕する乙女（巫女《ふじょ》）に求婚した歌である。

春正月七日節日の賜宴は、持統《じとうちょう》朝より恒例となり、「養老令《ようろうりょう》」に規定され、「延喜式《えんぎしき》」太政官式に「五位以上に賜宴」とある。天平《てんぴょう》二（七三〇）年正月、大伴家持の歌（20四四九四）の左注に「七日侍宴」とある。中国古代の民間年中行事書『荊楚歳時記《けいそさいじき》』に、この日「七種の菜を以《もっ》て羹《あつもの》を為《つく》る。」とあり、日本の七草粥の起源ともなった。また「高きに登りて詩を賦す」ともある。

春日野《かすがの》に煙立《けぶりた》つ見ゆ娘子《をとめ》らし春野《はるの》のうはぎ摘《つ》みて煮《に》らしも
（10一八七九）

春日野は平城京の東の高台にあり、『伊勢物語《いせものがたり》』一段をはじめ八代集へと若菜摘みの名所として歌枕となった。また「延喜式」祝詞《のりと》（祈年祭《としごひのまつり》）に、「甘菜《あまな》（甘みのある野菜。カブラ類）・辛菜《からな》（からみのある野菜。ヒル・ニラ類）」を神饌として奉献することが見える。
（川上　富吉）

春菜・若菜（ナノハナ・オカヒジキ・スズシロ・ウコギ・バイカモ・シュンギク・ねぎ・たら・アスパラ・ヤマウド・せり・シメジ・スモギ・ココミ・ふき）

ひかげ

（ヒカゲカズラ）

あしひきの山下ひかげかづらける上にや更に梅をしのはむ

（19四二七八　大伴家持《おおとものやかもち》）

あしひきの山の下のひかげのかずらを、髪に飾りました。その上さらに、梅まで愛でよう。

「ひかげ」は、ヒカゲノカズラである。山麓に生える多年生の常緑草本で、沖縄以外の全国各地で見られると言う。蔓状だが、他の植物に絡まることはなく、地上を這う。長く伸びる茎の姿から長寿を連想したとする説もある。夏から秋にかけて胞子をつけるが、胞子は傷に塗って止血剤としたと言う。

右の歌は、天平勝宝《てんぴょうしょうほう》四（七五二）年十一月二十五日、新嘗会の肆宴で詠まれた歌。新穀を供えて神に感謝する祭りだが、その直会の席であろう。まずは、大納言の巨勢朝臣奈弖麻呂《こせのあそみなでまろ》が、

天地と相栄えむと大宮を仕へ奉れば貴く嬉しき　（19四二七三）

と、天皇に奉仕することのめでたさを寿ぐ歌をなした。続いて、式部卿石川年足《としたり》、従三位の文室智努《ふんやのちぬ》、右大弁藤原八束《やつか》の歌が見える。いずれも永遠性を寿ぐ儀礼歌である。

ところが、大和守の藤原永手《ながて》は、

袖垂れていざ吾が苑へうぐひすの木伝ひ散らす梅の花見に　（19四二七七）

と、「吾が苑」へと誘う歌をなした。「袖垂れて」は、笏を持つ畏まった姿勢を崩し、長い朝服の袖を垂らした様子。肩の凝る肆宴から、くつろいだ二次会へと誘う歌である。家持の歌は、これに続いている。新嘗会に参加した際、ひかげを冠に飾ったが、その上梅まで愛でようと言う。永手の誘いに感謝する歌である。

（梶川　信行）

ひかげ（ヒカゲカズラ・ウメモドキ・リキュウソウ・シノブシダ・マツモトセンソウ）

ひさぎ（アカメガシワ）

ぬばたまの夜《よ》のふけゆけば久木《ひさぎ》生ふる清き川原《かはら》に千鳥しば鳴く

（6九二五　山部赤人《やまべのあかひと》）

（ぬばたまの）夜が次第に更けてゆくと川原には千鳥がたくさん鳴いている。昼間みた久木（アカメガシワ）が生えているあの美しい川原に。

この赤人歌は長歌の反歌であるが次の歌とともに一首それぞれに単独に鑑賞されてきた経緯がある。

み吉野の象山《きさやま》の間の木末《こぬれ》にはここだもさわく鳥の声かも　（6九二四）

この二首の歌はアララギ派の主張する写生歌のモデルとして絶賛された。それは主観的な鑑賞力に支えられた論ではあるが、聴覚の世界に導いて歌を理解しようとした論は受け入れられてよい。しかし、さらなる展開はなぜ耳の世界かというところにあろう。

長歌は巻六に配されている聖武《しょうむ》天皇行幸従駕歌群の、神亀《じんき》二（七二五）年夏五月の吉野離宮行の中のもので、したがって、まずは一群の中にもどして見るべきであろう。ここに、長歌を載せるスペースはないので概略すると、吉野離宮をとりまく山の世界、河の世界が春秋通い見る大宮人の心を満たす景である、となろう。まさしく吉野の宮讃美の宮廷歌である。この長歌の「見る」世界に対して、反歌二首は聴覚による世界の表現である。第一反歌（次歌）が昼の、当該の第二反歌（前歌）が夜の、耳に自然聞こえてくる世界を捉えている。さらに（前歌）は昼間目にした清澄な川原の久木の景が夜には千鳥の鳴き声とともに甦っている。「久木」は壽の久しさを言祝ぐ木、「千鳥」は霊力のシンボルである。大宮人の心を満たす「見る」世界は、そのまま大君に奉仕する土地の神々への讃美である。賛美は活性を促す。その呪的威力への期待は「聞く」世界へも同様に働く。宮廷讃歌は見るもの聞くもの全てが大君への奉仕の期待に向かう。

（近藤　信義）

ひさぎ（アカメガシワ）

ひめゆり
（ヒメユリ）

夏の野の繁みに咲ける姫百合の知らえぬ恋は苦しきものそ

（8一五〇〇　大伴坂上郎女《おおとものさかのうえのいらつめ》）

夏の野の繁みのかげで咲いている姫百合のように、人に知ってもらえない、心のうちに秘めた恋は苦しいものです。

夏相聞に分類される一首である。作者坂上郎女は多くの相聞歌を残しており、その相手は藤原麻呂《まろ》、大伴家持《やかもち》、大伴駿河麻呂《するがまろ》、田村大嬢《たむらのおおいらつめ》、坂上大嬢、安部虫麻呂《むしまろ》など多彩だが、この歌が誰に贈られたものなのかはわからない。

ヒメユリは本州南部の山地に自生し、夏の六月頃に、茎の先に濃いオレンジ色の花を上向きに咲かせる。『萬葉集』にはこの一例しかない。他に「草深百合」（7一二五七）の例があり、これがヒメユリの可能性もある。

「夏の野の繁みに咲ける姫百合」は、「知らえぬ」を導き出す序詞であるが、「夏の野」の濃い緑陰と姫百合の鮮やかな朱の対比が、片恋に沈む女性の姿そのものや恋心の強さを想起させて印象的な歌となっている。

「知らえぬ恋」とは、まずは世間の人に知られていないという意味になる。二人の恋を世間に知られないようにするのは萬葉歌世界での鉄則であるし、そのために思うままに会えないことを嘆く歌も多い。けれども、この歌の場合は、恋の相手に伝わらない恋、片恋と解釈される。序詞の「姫百合」が独りたたずむ女性の姿を想起させ、その姿が心では通じ合っている恋人同士というような甘やかさを排除してしまい、孤独感を強めて印象づけるのだろう。同じ坂上郎女の歌に以下の歌がある。恋心は「紅の色」なのである。

言《い》ふ言《こと》の 畏《かしこ》き国ぞ 紅《くれなゐ》の 色にな出でそ 思ひ死ぬとも

（4六八三）

（清水　明美）

ひめゆり（ヒメユリ）

ふぢ（フジ）

妹が家に伊久里の社《もり》の藤の花今来む春も常かくし見む
（17三九五二　大原高安真人《おおはらのたかやすまひと》）

妹の家に行くというのにちなむ伊久里の社に咲いている藤の花よ。またぐって来る春もずっとこのように見よう。

枕詞「妹が家に」は「伊久里」にかかって、「妹が家に行く」意を喚起する。その心弾む思いに通じる名を持つ地に咲く藤の花を長く愛でることを願う歌。伊久里の地は所在不詳だが、越中国砺波郡井栗谷村の地か。越中の国守として赴任したばかりの大伴家持《おおとものやかもち》の館の宴の席で披露された大原高安真人作の「古歌」で、僧玄勝《げんしょう》が伝承した。「もり」は神が降臨する樹木の茂ったところを指す。その「もり」の藤の花には神聖性が宿ることが感得されたことであろう。その美しさに越中の女性の姿を託して、家持の越中赴任を歓迎したものか。藤の花の神聖性は『古事記《こじき》』にも見える。応神《おうじん》天皇条には、伊豆志袁登売《いづしおとめ》神をめぐる秋山之下氷《あきやまのしたひ》壮夫《おとこ》と春山之霞《はるやまのかすみ》壮夫《おとこ》の兄弟による妻争いが語られ、藤の蔓で作った衣服・弓矢を身に着けた春山之霞壮夫が、その娘子の家を訪れると藤の花が開き、求婚に成功したとしている。

藤は蔓性の落葉低木で、山野に自生するものであったが、「我がやどに　植ゑし藤波」（8一四七一　山部赤人《やまべのあかひと》）とあって、鑑賞用に庭園に栽培したことも知られる。春に紫色または白色の蝶形の花を多数総状に長く垂れるところから、その花房が風に靡くさまを波に見立てて「藤波」として詠まれることが多い。

藤波の花は盛りになりにけり奈良の都を思ほすや君
（3三三〇）

大宰府の防人司佑《さきもりのつかさのじょう》大伴四綱《よつな》が満開の藤の花を見て、大伴旅人《たびと》に都の春が懐かしいかと問いかけた作。

（平舘　英子）

ふぢ（フジ）

ふぢばかま（フジバカマ）

萩《はぎ》の花尾花《をばな》葛花《くずばな》なでしこが花をみなへしまた藤袴《ふぢばかま》朝顔《あさがほ》が花

（8一五三八　山上憶良《やまのうえのおくら》）

（秋の野の花といえば）萩の花、薄、葛の花、なでしこの花、おみなえし、そして、ふじばかま、朝顔の花。

山上憶良の「秋の野の花を詠む歌」、いわゆる秋の七草を列挙した一首中の六番目の花として登場するのがふぢばかまである。

フジバカマは、キク科の多年草で、茎の先に淡紫色の細かな花が群がって咲く。蕾のときはやや紫色が濃く見えるが、花が咲くと線香花火の火花が散るように、淡い紫がおぼろに広がる。七草の他の花は、どちらかというと色鮮やかで、きっぱりとした印象を持つといえようが、それに対しフジバカマは地味で素朴なおもむきである。そのような花も秋野の彩りの一つとして選びとって愛でた、憶良の心の植物に対する細やかさが偲ばれる。

「ふぢばかま」が詠まれた歌はこの一首のみだが、それが花の姿を詠んだものであることは注目に値する。平安以降は、この花の香気や、掛詞や縁語などの言語的な関心で詠むことが中心となる。

余談になるが、アサギマダラという渡りをする蝶がこの花の蜜を好んで吸うことが知られる。驚くことに、その渡りは本州から南西諸島、台湾にまで及ぶという。一見ひ弱な蝶は、一見地味なこの花から大きな力を得て遠い渡りをするのである。漢詩文には登場する蝶が、『萬葉集』の歌には一首も詠まれていない。漢詩文に通じていた憶良がこの事実を見知っていたとしたら、ふぢばかまと蝶を、さらに歌に詠んだだろうか。

（太田　真理）

ふぢばかま（フジバカマ）

ほほがしは
（ホオノキ）

わが背子《せこ》が捧げて持てる厚朴《ほほかしは》あたかも似るか青き蓋《きぬがさ》

（19四二〇四　講師僧恵行《えぎょう》）

あなたが捧げ持っている厚朴は、ちょうど似ていることです。青い蓋に。

天平勝宝《てんぴょうしょうほう》二（七五〇）年四月十二日、氷見市の南にあった布勢の水海に遊覧した折り、たぐり寄せて折り取ったほほがしはの葉を、越中国守大伴家持《おおとものやかもち》が捧げ持った姿を見て、随行していた僧恵行の作。蓋は、絹または織物で張った長い柄の傘。御神体や仏像の渡御や天皇・貴人の行列の際、後からさしかけるもの。儀制令に拠れば、貴人に用いる場合には、身分によって、色や四隅の錦やふさなどを変えた。一位には深き緑を、三位以上は紺、四位は縹《はなだ》とある。以下の位には使用されない。家持はこの時従五位上。恵行の過分のヨイショに家持は、

皇祖《すめろぎ》の遠《とほ》御代御代はい敷き折り酒《き》飲みきといふぞこの厚朴

（19四二〇五）

とそらして応答した。

昔は、ほほかしはの葉を盃にして酒を飲んだと家持が歌ったように、大きな葉は食物を載せたり包んだりするのに用いた。塩鯖を薄く切って酢飯にのせて押し寿司にしたり、信州や飛騨高山などの朴葉味噌は有名。「ほほがしは」は、モクレン科の落葉高木。山地に自生し、楕円形の葉は三十センチ前後と大型で裏面は白。五月頃黄色を帯びた白い芳香のある九弁の花を開く。材は、細工しやすく、版木・建築・楽器や下駄の歯などに活用される。

（露木　悟義）

ほほがしは（ホオノキ）

ほよ（ヤドリギ）

あしひきの山の木末《こぬれ》のほよ取りてかざしつらくは千年寿《ちとせほ》くとぞ
（18四一三六　大伴家持《おおとものやかもち》）

（あしひきの）山の木々の梢のほよを取って髪に挿しているのは、千年の長寿を願う気持ちからだ。

天平勝宝《てんぴょうしょうほう》二（七五〇）年正月二日、富山県高岡市伏木古国府《ふしきふるこくふ》に建つ古刹勝興寺《こさつしょうこうじ》の地にあったとされる当時の越中国の役所で、部下たちをねぎらうとともに、これから一年も頑張れと励ますための宴席が開かれた。そのとき、国守《くにのかみ》として家持が詠んだのがこの歌である。萬葉の時代、平城京では天皇が臣下から新年の挨拶を受けていた。国守は、その天皇の代弁者として国ごとに任命されていたので、国ごとには国守が部下たちから年賀を受けていた。もちろん年賀の席で詠まれた歌であるから、お祝いの気持ちをこめるのは当然であるが、その気持ちを家持が「ほよ」を素材にして詠んでいるところに、この歌の意味がある。

「ほよ」とは落葉する高い木に寄生する常緑樹、つまりヤドリギのことである。ヤドリギは、秋ごろに赤または黄色の球形の実をつける。冬枯れした落葉樹の林のなかで、ヤドリギだけが鮮やかな色で茂っている。そこに古代の人々は永遠の生命を感じていた。このヤドリギの神秘的な生命力を信じて、それを身に付けることで長寿を願おうとする習俗は、世界各地で確認できるという。しかし、『萬葉集』のなかでヤドリギの歌はこの歌しかない。越中での家持は、生まれ育った都と異なるものに対する驚き、つまり《驚異》を数多く歌にしていた。おそらく「ほよ」もまた、そのひとつだったのだろう。越中に来てはじめて知った習俗、その《驚異》を家持は歌に詠んだ。その結果、唯一ヤドリギが『萬葉集』に登場することとなったのである。

（新谷　秀夫）

ほよ（ヤドリギ）

まき（マキ）

真木柱《まきばしら》太き心はありしかどこのわが心鎮《しづ》めかねつも　（2一九〇　舎人《とねり》）

立派な木で作った柱のように、しっかりした心を持っているのだが、今のこの深い悲しみを静めることがなかなかできない。

日並皇子《ひなみしのみこ》挽歌の一首。日並皇子とは太陽と並ぶ皇太子の意で、草壁《くさかべ》皇子。立派な木で作った柱が地面の上でドーンと据わっているように、私は何事が起きても動揺せずにいられるだろうと心づもりをしていた。しかし、皇子が亡くなられた悲しみは、思いのほか深く心を痛めている、という。自身の心の強さを「真木柱」に譬えているのだ。「真木柱」は儀礼歌にしばしば見られる。「……長柄の宮に真木柱太高敷きて食国を治めたまへば……」（6九二八）では、天皇の建てられた宮殿の柱を指す。こうして宮殿にも用いられる柱なので、具体的な植物名を指すのではないだろう。むしろ、立派な柱の意で用いられているのではないか。

「まき」は、『萬葉集』では二一首見られる。原文では全て「真木」と表記している。「真（マ）」は美称の接頭語。木が立派なので、「真木」と表現しているのだ。従って、特定の木を指していない。スギ・ヒノキなどの総称だと考えられる。現代名を「コウヤマキ」とする説が多く見られる。だが、『萬葉集』では区別していないと考えるべきだ。例えば、「……真木さく檜の嬬手を……」（1五〇）という表現が見られる。立派な木の表面を割いた檜の荒材を、と詠んでいる。この点からもそれは認められる。

立派な木なので、建築用材としても有用だった。「奥山の真木の板戸を押し開き……」（11二五一九）とあるように、板戸を作る際に使用されている例も見られる。

（野口　恵子）

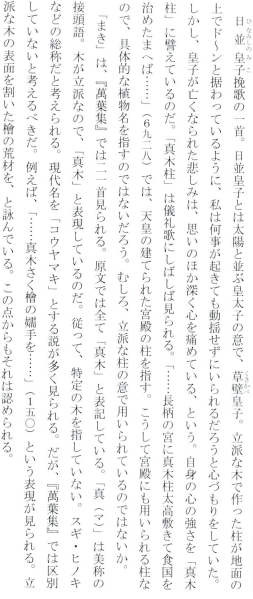

まき（マキ）

まつ（マツ）

君に恋ひいたもすべなみ奈良山の小松が下に立ち嘆くかも

（２五九三　笠女郎《かさのいらつめ》）

あなたに恋いこがれてどうしようもないので、あなたの家の近くの平城山までやって来たが、それ以上足が進まなくて、小松のもとで躊躇して嘆くことである。

松は常緑樹であるが故に、神の降臨する木として、或いは神の宿る木としての観念があり、永遠を祈る木として詠まれている。有名な有間皇子《ありまのみこ》の「自傷結松枝歌（２一四一）」は枝を結ぶことによって無事を祈る行為を歌い、大伴家持《おおとものやかもち》にも同様の歌がある。しかし『萬葉集』の中で圧倒的に多いのは「待つ」ことととの語呂合わせである。まるでダジャレのように掛詞は「松」と「待つ」を掛ける。

例に掲げた歌は、笠女郎が大伴家持に贈った歌で、苦しい片思いの気持ちを示している。「あなたに恋い思ってどうしようもない」とは、家持が通ってこないので会いたくてしかたがない状態。恋愛経験のある人は何度も体験しているであろう。そこで「奈良山」まで出かけていった。「奈良山」は平城京左京南一条の大伴氏佐保邸の北に横たわる丘陵地帯である。山城との国境になる。笠女郎の居宅がどこであったか不明であるが、彼女はとにかく「奈良山」まで来た。眼下には恋しい家持のいる邸宅が見えている。しかし「小松が下に立ち嘆くかも」と彼女は躊躇する。女性が男の所に逢いに行くというのは、石川郎女《いしかわのいらつめ》と大伴田主《たぬし》の逸話（２一二六）にあるようにはしたない行為とされる。逢いたい思いで家持の近くまで出てきたが、それ以上は足が進まない。そこに「松」がある。この歌は葛藤の末に「待つ」しかない諦念を嘆いたものと言えるが、一方で家持と恋の遊びをしている中で女の定めとしての悲恋を普遍性を持たせて言ったものとも解釈出来る。

（吉村　誠）

まつ（マツ）

まゆみ（マユミ）

みこも刈る信濃《しなぬ》の真弓《まゆみ》わが引かばうま人《ひと》さびて否《いな》と言はむかも
（2九六　久米禅師《くめのぜんじ》）

信濃の弓をきりきりと引き絞るように、あなたを誘ったら、ツンとすましてイヤと言うでしょうね。

久米禅師が石川郎女《いしかはのいらつめ》に求婚した時の、二人のやりとりの歌五首のうちの一首である。この歌に応えて、郎女は「みこも刈る信濃の真弓引かずして弦作《をはく》るわざを知るといはなくに」（2九七）、実際に弓を引きもしないで、弦をかける方法をご存じのはずもございませんわね、と打ち返している。この後は、今度は梓弓《あづさゆみ》を媒介として、二人の丁丁発止のやり取りが展開している。

「みこも刈る」は「信濃」に懸かる枕詞、「真弓」はマユミで作った弓、「うま人さびて」は「貴人ぶって」「お高くとまって」の意。弓は萬葉びとにとって、身近でかつ大事な存在であったせいか、歌にもよく詠まれて、アダタラマユミ、シラマユミ、ソツヒコマユミなどと見える。なかには大空に懸かる三日月を、弦を張った弓に見立てた歌（3二八九）もある。

掲出歌のように、弓と恋を関わらせて詠んだ歌も多く、その先に、『伊勢物語《いせものがたり》』の、なんとも哀しくせつない「梓弓《あづさゆみ》ま弓つき弓年を経《へ》てわがせしがごとうるはしみせよ」「梓弓引けど引かねど昔より心は君によりにしものを」がある。

マユミは山野に自生する落葉低木、初夏に淡緑色の花をつけ、秋に熟した果実は、やがて裂けて赤い種子を露出して印象深い。

（村瀬　憲夫）

まゆみ（マユミ）

むぎ（ムギ）

柵越《くへご》しに麦食《むぎは》む子馬《こうま》のはつはつに相見し児《こ》らしあやにかなしも
（14三五三七　東歌《あずまうた》）

牧場の木の柵《さく》から首を伸ばして、程よく伸びた麦をハツハツと子馬が食べる、そのようにハツハツと（ほんのわずかばかり）出逢ったあの娘がとても愛《いと》しく思われる。

この一首の主意は下句《しものく》の「はつはつに相見し児らしあやにかなしも」にある。「はつはつに」は「はつかに」（わずかに）を強めた表現。「あひみし」は顔を見たというのではない。肌を重ねたという意の性愛表現で、愛の表現「かなし」に直結する。「かなし」とは、いとしく切ないという意。その「はつはつに」を導く序詞《じょことば》として、「柵越しに麦食む子馬のはつはつに」がある。子馬の頭は小さくて容易に柵越しに首を出すことが出来、折から伸びて来た麦の穂をムシャムシャと食べるのである。その様子を「はつはつに」と描いている。「はつはつに」とは食べる音のハツハツという擬音語であると共に、柵越しなので充分には食べられず、ワズカにワズカにの意も含んでいる。麦（イネ科）は五穀の一つとして、重要な農作物である。

馬柵越《うませご》し麦食《むぎは》む駒《こま》のはつはつに新肌《にひはだ》触《ふ》れし児《こ》ろしかなしも
（14三五三七　或本の歌　東歌）

横にこの歌が記されている。駒は、子馬から変化した語で、子馬の意でも馬一般の意でも使用される。歌意は大きくは違わないが、「新肌触れし」（初めて肌に触れた）と、その感動が歌われている。また、

馬柵越《うませご》しに麦食《むぎは》む駒《こま》の罵《の》らゆれどなほし恋しく思ひかねつも
（12三〇九六　作者未詳）

という都の歌もある。柵越しに麦を食べる馬が農夫から大声で追われるのである。そのように、娘の母から罵声《ばせい》で追われたが、彼女への恋しさは忘れられず、思慕の情を抑えることができないというのである。

（廣岡　義隆）

むぎ（ムギ）

むぐら（カナムグラ）

むぐら延《は》ふ賤《いや》しきやども大君し座《ま》さむと知らば玉敷《し》かましを
（19四二七〇　橘《たちばなの》　諸兄《もろえ》）

むぐら（カナムグラ）が繁っているようなむさ苦しいわがやど（屋戸）に、かねて大君の来駕を知らされておりましたら、せめて玉石を敷いてお迎えしましたものを。

この歌は客を招いた主人の挨拶歌で、自宅を卑下謙遜した表現が上の二句である。三句目の「大君」を他に差し替えれば誰にも通用する口ぶりである。題詞には「十一月八日左大臣橘朝臣《あそみ》の宅に在《いま》して、肆宴《うたげ》したまへる歌四首」とあって、天平勝宝《てんぴょうしょうほう》四（七五二）年に聖武《しょうむ》太上天皇を山城国綴喜《つづき》郡井手《いで》の諸兄の私領地に招いて宴を開いたと思われる。客人としての聖武の歌も一首（19四二六九）残されている。

「賤し」とは貴人に対して自らが相応に卑下する立場にあることを示す。この「むぐら延ふ賤しきやど」は、自宅がむぐらの繁っているような賤しい屋戸、と直喩的に訳出でき、きわめて分かり易い。すでにこの比喩的なあり方は枕詞と見なすこともできるほど印象が鮮明になっている。むぐらが重なり繁った状態を表す「八重葎《やへむぐら》おほへる庭」（11二八二四）、「八重葎おほへる小屋《をや》」（11二八二五）のような写実的な表現から一歩抜けた抽象度を持っているように思われるからである。

日常的にはよく交わされているように思われる表現だが『萬葉集』全体からこのような類例を、つまり自宅を卑下した表現を見出そうとしてみると、これが案外少ないことに気づく。あるいは漢籍的表現の影響かと『懐風藻《かいふうそう》』に当たってみると唯一、「草廬」（釈道融《どうゆう》作「山中」番外2）という字句が見いだせた。まさしく「草（=いやしい）庵」である。出典をたどると諸葛亮の「出師《すいし》の表《ひょう》」に至る。こうした漢詩上の発想を下敷きにして和歌は「むぐら」を発見したのであろうか。

（近藤　信義）

むぐら（カナムグラ・ムベ）

むらさき
（ムラサキ）

茜指す紫野行き標野行き野守は見ずや君が袖振る

茜色のさす紫、その紫草の咲く野を行き、野守に守られた禁野を行くと……野の番人が見ているではありませんか。あなたが袖を振るのを。

（一二〇　額田王《ぬかたのおおきみ》）

著名な額田王の歌である。天智《てんち》七（六六八）年五月、蒲生野（滋賀県東近江市東部の傾斜地）で行なわれた薬猟の際に、披露されたものだとされる。これには、

紫草のにほへる妹を憎くあらば人妻ゆゑに吾恋ひめやも　（一二一　大海人皇子《おおあまのみこ》）

という「皇太子」の答えた歌が添えられている。大海人と見られる「皇太子」が額田を「人妻」と呼んでいることもあって、古来、額田をめぐって天智天皇と大海人皇子との間に恋の葛藤があったとされて来た。

しかし、現在では宴席の座興の歌と見るのが通説である。聖徳《しょうとく》太子の冠位十二階や養老の衣服令でも、紫は最高位の色であった。ムラサキによる染色法は渡来系の技術だったこともあって、紫色は高貴でエキゾチックな色とされた。ニホフは照り映えること。その紫が照り映える「妹」と呼ばれた額田王は、やがて享受史の中で、類まれな美女であるというイメージも形成された。

ムラサキは、ムラサキ科の多年生草本である。山野に自生し、夏に白い小さな花をつける。太くて長い根は薬用とされ、外傷・火傷・ただれなど、皮膚疾患の外用薬としての効能があると言う。また、紫の色素を含むので、乾燥させて染料としても利用された。『日本書紀《にほんしょき》』によれば、薬猟は宮廷の人たちが華やかに着飾って参加した行楽行事だった。その際、ムラサキも採取されたのであろう。

（梶川　信行）

むらさき（ムラサキ）

もも（モモ）

春の園紅にほふ桃の花下照る道に出でたつをとめ

（19四一三九　大伴家持《おおとものやかもち》）

春の園は桃の花によって紅色に照り映《は》えている。桃の花に照らされている道に出で立っているおとめよ。

歌が作られたのは天平勝宝《てんぴょうしょうほう》二（七五〇）年三月一日。作者大伴家持は越中守《かみ》として赴任していた。桃の樹の下に立ち現れる「をとめ」という表現は樹下美人図《じゅかびじんず》という構図がもとになっている。シルクロードを通って日本へと伝わったこの構図は正倉院御物にも「鳥毛立女屛風」とよばれる屛風が残っていることでも明らかなように、当時中国文化にあこがれ、影響を受けた文化人にもてはやされたものであった。家持の歌はその構図を言葉で表現したものである。家持が見ているのは都を遠く離れた越中国府の春の園である。そこにあらわれた「をとめ」は実際の景を超えた家持の文学の世界の美少女である。

家持には「をとめ」の美しさを「桃の花　紅色に　にほひたる　面輪《おもわ》のうちに」（19四一九二）と桃の花に譬えた歌がある。桃の花を女性の美しさと関連づけて表現するのは、中国文学の影響を受けている。漢文で書かれている「松浦河に遊ぶ」の序文（5八五三）では出会った女性の美しさを表現する時に「桃花頰上に発《ひら》く」と中国文学に多く出てくる表現を使っていることからもわかる。

しかし、桃の花を歌った物はそう多くはなく作者未詳の歌では、その実が詠まれることがほとんどである。中国文学の影響を受けた華やかな桃の花は平安時代の文学にとりあげられることは多くはない。

花は白、もしくは淡紅色の花をつける。果実は食用。

（浅野　則子）

もも（モモ・ナノハナ）

ももよぐさ（ノジギク）

父母が殿《との》の後方《しりへ》のももよ草百代《ももよ》いでませ我《わ》が来《き》たるまで
（20四三二六　壬生部足国《みぶべのたるくに》）

父母のお住まいの裏に咲くももよ草、その名にもあるように百代までも達者でおいでください。私が帰って来るまで。

遠江国《とおとうみ》佐野郡（静岡県掛川市付近）の壬生部足国という人が、防人として出立するにあたり詠んだ歌である。父母の住まいを「殿」＝宮殿と呼んで尊び、その裏手に咲くももよ草のように百代までも、私の留守の間、達者で「いでませ」＝おいでくださいと敬語で語りかける。その口調は常になく少し改まって、暇乞いの挨拶をする息子の感慨を示していよう。

歌は、「ももよ草」までを序詞として同音の「百代」を起こしているが、家の裏に咲くももよ草は、息子が生まれ育った家の実景でもあっただろう。家族ならでは共有していた風景だともいえる。

防人は任期三年であったが、集合場所である難波津までの食料は自己負担で、往路・帰路に行き倒れることもあり（軍防令）、任地に残留する者も多かった（『続日本紀《しょくにほんぎ》』）。大きな覚悟を必要とする旅立ちであった。

ももよ草が詠まれた歌は『萬葉集』にこの一首だけである。現在のどの花にあたるかは、キク、ツユクサ、ムカシヨモギなど諸説あって定まらないが、秋に小さな白い花が群れて咲く在来種ノジギクの清楚なたたずまいは、親子の愛別を見守るのにふさわしい。

もう一つ気になるのは、原文の「母〻余具佐《ももよぐさ》」「母〻与《ももよ》」という表記である。筆記者が誰かという問題はさて置き、遥かに旅立つ息子の父母への想いが、「母〻」の文字遣いにも込められているような気がする。

（太田　真理）

ももよぐさ（ノジギク・ノギク類・石化柳）

やなぎ（シダレヤナギ）

梅の花咲きたる園《その》の青柳《あをやぎ》は縵《かづら》にすべくなりにけらずや
（5八一七　粟田大夫《あわたのまえつきみ》）

梅の花が咲いている庭園の青柳は、もう縵にできるほどに枝を伸ばして芽吹いているではないか。

暖かな風に吹かれてうち靡く柳や、青々と芽吹き始めた青柳に春を感じたのは萬葉人も同じで、集中には三十首を超えるヤナギの歌を見る。本書には別項目「かはやなぎ」があるので、ここではアオヤギ・シダレヤナギの歌を扱うことにしたい。

掲出歌は、天平《てんぴょう》二（七三〇）年正月、大宰府の大伴《おおともの》旅人《たびと》邸で催された梅花の宴での歌作。庭園には梅や柳が植えられていたらしく、全三十二首中、五首の歌に柳が梅とともに詠まれている。しかも、それらは掲出した粟田大夫の歌と同様、「青柳を縵にしつつ」（5八二五）とか、「青柳梅との花を折りかざし」（5八二一）といった、新柳を縵にして頭に載せたり、若葉を髪に挿したりする行為として詠出されている。これは、春になって芽吹き花咲いた植物の生気を身体に取り入れ、活力を得ようとする呪術的信仰からきたものである。

一方、季節歌を編んだ巻十には「青柳の糸」（10一八五一）、「柳の眉」（10一八五三）等の表現もある。古代中国の六朝時代以降の漢籍の影響による和歌表現と思われるが、既に『萬葉集』において「浅緑染め掛けたりと見るまでに春の柳は萌えにけるかも」（10一八四七）とあるのは、「浅緑糸よりかけて白露を玉に貫ける春の柳か」（『古今集《こきんしゅう》』春上　1二七　遍昭《へんじょう》）という『古今和歌集』的表現の先蹤といえよう。漢詩文の影響下、萬葉の時代に始まる柳は、春景に不可欠の風物として愛されてきたのである。

（竹尾　利夫）

やなぎ（シダレヤナギ）

やますげ（ヤブラン）

山菅《やますげ》の実《み》成らぬことを我《あ》に寄《よ》そり言はれし君は誰《たれ》とか寝《ぬ》らむ
（4五六四　大伴《おおともの》坂上郎女《さかのうえのいらつめ》）

山菅の実らないように、私たち恋が成就しないことを、さも私のせいであるように言い立てられた貴方は、いったい誰と今寝ているのでしょうか。

あしひきの山菅の根のねもころに止《や》まず思はば妹に逢《あ》はむかも
（12三〇五三　作者未詳）

あの山菅の根のように、ねんごろにずっと止まず思っていたならば、愛しいあの子に会えるであろうかなあ。

「やますげ」の名称は、『和名類従抄《わみょうるいじゅうしょう》』や『本草和名《ほんぞうわみょう》』に見られ、「麦門冬《ばくもんとう》」の漢名が当てられる。「やますげ」は、カヤツリグサ科のカサスゲなどの総称である「すげ」とは異なり、ユリ科のジャノヒゲをさし、同じユリ科のヤブランをも包括した名称と考えられる。多年生草木で、庭の緑として人家によく植えられる。

一首目は、「やますげ」の「実」に注目して、恋の成就を背景に恋歌を完成させている。萬葉集では花と実の取り合わせによる恋歌が多くあるが、「やますげの」の「実」を利用した唯一の使用例である。青く熟した実に着目した坂上郎女の新世界の導入となろう。二首目は、「やますげ」の「根」に注目している。「やますげ」は、古代から現在まで漢方薬に用いる生薬の一つ。ジャノヒゲの塊茎《かいけい》を乾燥したもので、強壮、解熱、鎮咳などの作用がある。萬葉時代から薬として使用され、その根が複雑に絡み合った形状であることから恋歌に用いられたのである。「やますげ」の歌十二首の内の四首が、「根」から「ねんごろに、あなたを思う」と歌いあげている。萬葉人は可憐な花には興味を示さず、実や根にこだわっている。

（佐藤　隆）

やますげ（ヤブラン・ノバラの実）

やまたちばな（ヤブコウジ）

あしひきの山橘《やまたちばな》の色に出でよ語らひ継ぎて逢ふこともあらむ
（4六六九　春日王《かすがのおおきみ》）

山のヤブコウジの真っ赤な実のように、はっきりと気持ちを表に出してしまいなさい。人々の噂から消息も伝わって、逢うこともできるでしょう。

萬葉歌に詠まれる恋は、ほとんどが人の目につくこと、人の噂になることを恐れる内容である。一方、「語り継ぐ」のは、伝説を伝えるなどの例が多く、「語らひ継ぐ」で人の口の端にのぼることを指すのは珍しい。その中にあって、この歌は異例とも言える。ただし、山橘は冬の枯れた色味の中で、際だって赤く目立つことを特徴とし、以下の歌も詠まれている。

紫の糸をそ我《わ》が搓《よ》るあしひきの山橘を貫《ぬ》かむと思ひて　（7一三四〇　作者未詳）

この雪の消残る時にいざ行かな山橘の実の照るも見む　（19四二二六　大伴家持《おおとものやかもち》）

大伴家持の歌は、雪に対比する山橘の赤を「照る」と詠む。山橘の実を単に「赤」とは捉えない特別な表現である。また、参考になる歌として、

あしひきの山橘の色に出でて我は恋なむを逢ひ難《かた》くすな　（11二七六七　作者未詳）

の歌がある。結句は「人目難《かたみ》すな」と訓読する説もある。そうであればいっそう春日王の歌に近いことになるが字余りである。いずれにせよ秘めておくべき恋心をあらわにすること山橘に託して詠んだものであり、人の噂になることを恐れないという歌である。

それにしても、春日王歌の第三句「色に出でよ」の命令形は強い調子である。その調子の強さが、冬枯れの山に凛と赤く実る山橘の姿と響き合う。

（清水　明美）

やまたちばな（ヤブコウジ）

やまたづ（ニワトコ）

君が行き日長《け》くなりぬやまたづの迎へを行かむ待つには待たじ

（２九〇　衣通王《そとおりのおおきみ》）

あなたがお出かけになって、だいぶ日数が長くなりました。（やまたづの）迎えに行きましょう。待ってなどとてもいられません。

『萬葉集』には伝承歌の実相を垣間見る楽しさを教えてくれる歌がある。掲出の歌は、允恭《いんぎょう》天皇の皇子である軽太子《かるのひつぎのみこ》が、同母妹の軽大郎女《かるのおおいらつめ》（別名、衣通王）と密通したかどで伊予の道後温泉の地へ流された時、恋慕に堪えきれずに追いかけて行こうとする歌である。

ただし、これは巻二の巻頭歌として掲げられた、仁徳《にんとく》天皇の皇后、磐姫《いわのひめ》作と伝えられる連作四首の異伝として『古事記』から引用されたもの。四首のうち八五歌では掲出歌と第三句が異なる。「やまたづの」を「山尋ね」とする。この「やまたづ」は九〇歌の脚注に「今の造木《みやつこぎ》をいふ」と説くように、山野に自生する落葉低木ニワトコの古名である。ニワトコは枝葉が対生するところから、「やまたづ―迎へ」の枕詞となった。集中には、天平《てんぴょう》四（七三二）年西海道節度使として遣わされる藤原宇合《うまかい》に贈った高橋虫麻呂《むしまろ》の長歌があり、それに「……桜花　咲きなむ時に　やまたづの　迎へ参ゐ出む　君が来まさば」（６九七一）とあるのも同じ。したがって、掲出歌の「やまたづの迎へを」というのは、「やまたづの葉が向かい合って生えるように、迎えに」の意である。おそらく磐姫皇后歌は、短歌四首が起承転結の構成仕立てにされる際、伝承歌である原歌の詞句が改作もしくは聞き誤られて、皇后作として仮託されたものであろう。

なお、「やまたづ」は高さ二～六メートル。春四月頃に、新葉が開いてから淡黄色の小さな花をつける。

（竹尾　利夫）

やまたづ（ニワトコ）

やまぶき（ヤマブキ）

かはづ鳴く神奈備川《かむなびかは》に影見えて今か咲くらむ山吹《やまぶき》の花

（8―四三五　厚見王《あつみのおおきみ》）

かじかが鳴く神奈備川に影を映して、今頃咲いているであろうか、山吹の花は。

春雑歌部の歌。おそらく晩春のことであろう。「かはづ」は、かじか蛙のことで、川の清流に棲息し、初夏から秋にかけての繁殖期に雄が澄んだ良い声で鳴く。『萬葉集』に二〇例あるが全て「かはづ鳴く」とか「鳴くかはづ」として歌われ、「かはづ」の美しい鳴き声が歌の素材となっている。「神奈備」は神のいます所の意の普通名詞であるが、ここは奈良県生駒郡斑鳩《いかるが》町神南《じんなん》の三室山《みむろやま》かといわれる。「影」は姿の意である。

「山吹」は晩春から初夏にかけて濃黄色の花をつけるバラ科の落葉低木。この歌は晩春の神奈備川に姿を映す山吹の花を想像し、今頃咲いているであろう山吹の花に思いを馳せている。「かはづ鳴く」は枕詞のような働きをしているだろうが、銀鈴を振るようなかじかの鳴き声、山吹の花を映す神奈備川の清流といった清明な景を、「か」音を上三句の頭におき調子よく歌いあげている。

『萬葉集』には山吹は一七首にみえ、大方はその花を詠んでいる。「山吹のにほへる妹《いも》がはねず色の赤裳《あかも》の姿夢《いめ》に見えつつ」（11―二七八六　作者未詳）は、大海人《おおあまの》皇子が額田《ぬかたの》王を「紫のにほへる妹」（1―二一）と讃えたのに通じ、山吹の花が美しい女性の形容となる花であったことがわかる。

『古今和歌集《こきんわかしゅう》』には「かはづ鳴く井出《ゐで》の山吹散りにけり花のさかりに逢はましものを」（2―一二五）とある。『萬葉集』歌（8―四三五）は、『新古今和歌集《しんこきんわかしゅう》』（2―一六一　厚見王）にも採録されている。作者・厚見王の系譜は不明。

（小野寺　静子）

やまぶき（ヤマブキ）

ゆづるは
(ユズリハ)

古《いにしへ》に恋ふる鳥かもゆづるはの御井《みゐ》の上《うへ》より鳴き渡り行く
(2一一一　弓削皇子《ゆげのみこ》)

昔(古き良き時代)を慕う鳥なのでしょうか、ゆづるはの植えてある井戸の上を鳴きながら飛んで行くのが見えます。

持統《じとう》天皇が吉野に行幸した際に、額田王《ぬかたのおおきみ》に贈った歌。額田王が返歌を詠む。

古に恋ふらむ鳥はほととぎすけだしや鳴きし我《あ》が思《おも》へるごと
(2一一二　額田王)

昔のことを懐かしみ慕っている鳥は、ホトトギスですよ。私が慕って鳴いているように、その鳥も鳴いたでしょう、と。『萬葉集』ではホトトギスに「霍公鳥」の字を当てる。中国では「郭公」。音・カクコウに「このように恋ふ」を掛ける。蜀王の魂が、死後ホトトギスとなって帰ってきた故事を踏まえるとも。

弓削皇子は天武天皇の第六皇子。萬葉集に歌が載る天武の皇子達は政治的に不遇であったと想定し、一一一番歌も天武《てんむ》時代の良き思い出を懐かしむ不遇の皇子の歌とする解釈もある。

ゆづるは、常緑高木。新たな葉が出てから、古い葉が落ちる。「譲る葉」が語源という。『萬葉集』にも「ゆづるはの含《ふふ》まる」(14三五七二　東歌《あずまうた》)と、新葉が苞に包まれている形を詠む。一一一番では「弓弦葉」と書く。葉の輪郭が弦を張った弓に似ることによる。

『枕草子《まくらのそうし》』に「ゆづりは」は、「亡き人のくひ物に敷く物」「よはひ延ぶる歯固めの具」とある。命と関わって信仰された植物であった。世代交替した今、亡き天武天皇が壬申の乱で弓を奮い立たせ戦った姿を偲び、天武天皇の再来・再生を願うかの如き想いが、当該歌には隠されているようだ。

(飯泉　健司)

ゆづるは（ユズリハ）

ゆり（ヤマユリ）

道の辺《へ》の草深《くさふか》百合の花笑みに笑まししからに妻と言ふべしや

（7―一二五七　作者未詳）

道ばたの草の深い繁みの中に咲く百合の蕾がほころびるようににっこりとお笑いになっただけで、妻といってもよいものでしょうか。

草深百合とは草の繁みの中に咲く百合のこと。愛しく思う女性が自分に向かって微笑んだことに対して悦びとともにとまどいを感じている一首である。女性の美しい笑顔を百合の花がほころびることに譬えている。『萬葉集』では「花笑み」という言葉で笑顔を表現することがあるが、大伴家持《おおとものやかもち》は越中守《かみ》の時代に都からもどった久米広縄《くめのひろなわ》の帰任の宴席で「事終はり　帰り罷《まか》りて　夏の野の　さ百合の花の　花笑みに　にふぶに笑みて」（18四一一六）と任務を終えて無事に戻った広縄の笑顔を詠んでいる。

『萬葉集』ではゆり十一例。多くは「さ百合」と歌われ、「我妹子《わぎもこ》が家の垣内《かきつ》のさ百合花ゆりと言へるは否《いな》と言ふに似る」（8一五〇三）のように「ゆり」（後）という言葉を引き出すために使われることもある。

百合の花は野に咲くものであるが庭にも植えられていたらしく大伴家持は越中守として赴任している時、「庭の中の花の作歌」として「夏の野の　さ百合引き植ゑて　咲く花を　出で見るごとに　なでしこが　その花妻に　さ百合花　ゆりも逢はむと」（18四一一三）と歌っている。

『萬葉集』ではこのように花そのものを詠んだり、名前から連想される言葉と結びついて詠まれたりしたが、平安時代になると百合は和歌ではほとんどよまれなくなり、和歌以外の他の文学ジャンルの中に表現されることもほとんどない。

「ヤマユリ」は白色で赤い斑点がある六弁花。

（浅野　則子）

ゆり（ヤマユリ）

◇◆蘭（らん）・蕙（けい）◆◇

蘭・蕙ともに香草で、蘭は、中国の詩文書画に君子のような気品があるとする四つの植物（四君子・四愛。蘭・菊・梅・竹）の一つとして珍重されていた。『萬葉集』には歌はないが、散文中に、「蘭室」（佳人の居る部屋。かぐわしい妻の部屋。5七九四前文）・「蘭は佩後《はいご》の香《かおり》に薫《かお》る。」（蘭は貴人の帯の飾り袋の香のように匂っている。5八一五、梅花歌三十二首の序）・「蘭蕙《らんけい》 叢《くさむら》を隔《へだ》て」（香草の蘭と蕙そのままの君子の交わりが隔てられて。17三九六七前文書簡）・「蘭契《らんけい》に光《ひかり》を和《やは》らぐ」（蘭のように香り高い交わりを和《なご》やかに結んでいます。17三九七二前文書簡）など中国の詩文に典拠のある修辞上の美辞麗句の借用がある。『爾雅翼《じがよく》』釈草に、

其の一幹一花にして、香り余《あま》りあるものは蘭。一幹五六華にして、香り足《た》らざるものは蕙。

とある。書簡中の「蘭」は家持を敬称し、「蕙」は池主の謙辞として用いられている。現代、蘭を春蘭（シュンラン）・蕙を蕙蘭（シラン）としている。

『説文解字注《せつもんかいじちゆう》』に「蘭　香草なり。沢蘭《たくらん》に似《に》たるなり」とあり、『和名抄《わみようしよう》』に「沢蘭《たくらん》　和名　佐波阿良々木《さはあららき》　一に云ふ　阿加末久佐《あかまくさ》　沢の傍《ほとり》に生ふる」とある。『萬葉集』に、黄葉《もみち》した沢蘭《たくらん》一株を詠んだ一首がある。

この里は継《つ》ぎて霜や置く夏の野に我《わ》が見し草はもみちたりけり
（19四二六八　孝謙天皇《こうけんてんのう》）

この里はひっきりなしに霜が置くのでしょうか、夏の野で私がさっき見た草（さはあららぎ）は、もう色づいていますよ。

「さはあららき」は、現代「サワヒヨドリ」。

（川上　富吉）

さはあららぎ（サワヒヨドリ）

蘭（らん・シュンラン）・蕙（けい・シラン）

わすれぐさ（ヤブカンゾウ）

忘《わす》れ草垣《ぐさかき》もしみみに植ゑたれど醜《しこ》の醜草《しこくさ》なほ恋《こ》ひにけり

（12三〇六二　作者未詳）

忘れ草を垣までびっしり植えてあるが、能なし草め、やはり恋しいわ。

ユリ科ワスレグサ属の多年草。初夏に茎をのばし、ユリに似た六弁の花をつける。中国ではこの植物を「忘憂草」などと呼び、『詩経《しきょう》』『文選《もんぜん》』をはじめとする多くの漢詩文に登場する。『萬葉集』には五例を数えるが、このうち大伴旅人《おおとものたびと》の作品（3三三四）は遠く大宰府に赴任していた時にうたわれたもので、忘れ草によって「恋しい故郷をいっそ忘れてしまいたい（思い出されてつらいので）」と望郷の心を逆説的にうたったものである。

他の四例はすべて相聞歌で、「恋忘れ草」（11二四七五）の語が端的に示すように、恋の憂さを忘れるためのものという発想が定着している。特に「忘れ草我が下紐につけたれど」（4七二七）と、忘れ草を身につけても恋の憂さを忘れられないことを言い、恋心の増す様子を表現するが、標記の一首のように、忘れ草を「垣までびっしり植えてある」というと戯笑性が強くなる。

平安期以降、忘れ草は「忘憂」というよりは、あらゆることを忘却してしまう草として詠われるようになる。また、この草は、『古今集《こきんしゅう》』に「住吉と海人《あま》は告ぐとも長居すな人忘れ草生ふといふなり」（雑上17九一七）とか、「住の江の岸に生ふてふ恋忘れ草」（墨滅14一一一一）のように詠われて住吉に生えるものとの見方が固定していった。

（城﨑　陽子）

わすれぐさ（ヤブカンゾウ）

わた
（ワタ）

しらぬひ筑紫《つくし》の綿《わた》は身に着《つ》けていまだは着《き》ねど暖《あたた》けく見ゆ
（3三三六　沙弥満誓《さみのまんぜい》）

九州特産品として知られる綿は、現実に体にまとったことはまだないが、見ているだけでも暖かそうに見えるものだ。

ワタには植物説と繭《まゆ》説がある。繭説は、蚕《かいこ》の繭から取った真綿《まわた》であり、萬葉時代には植物ワタはまだ日本に渡来していなかったと見るもの。養蚕は「母が飼《か》ふ蚕《こ》」（12二九九一）「桑子《くはこ》」（12三〇八六）などと歌われ、「筑波嶺《つくはね》の新桑繭《にひぐはまよ》」（14三三五〇　東歌《あずまうた》）とも歌われていて、全土に広く普及していた。

「しらぬひ筑紫の綿」は九州特産の綿というものであり、繭とは考えられない。「しらぬひ」は筑紫に冠する枕詞である（語義、未詳）。「筑紫」は九州全体の称。当時、九州には、渡来人からワタの種が持ち込まれて、珍しい産品として知られていた。それがこの歌の上句《かみのく》に巧みに詠《よ》みこまれている。造筑紫観世音寺《ぞうつくしかんぜおんじ》の別《べつ》当《とう》（長官）である沙弥満誓すら、まだ着たことが無いという珍品であったのである。まさに舶来品種であった。憶良《おくら》が貧窮問答歌で「綿《わた》もなき布肩衣《ぬのかたぎぬ》」（5八九二）としたのも九州回想詠ゆえのことである。

作者・沙弥満誓は、美濃国《みののくに》の国守を異例の十四年間も勤め上げた能吏、笠朝臣麻呂《かさのあそみまろ》である。この間、木《き》曽路《そじ》を開通させ特別表彰を受けている。彼が出家したのは元明《げんめい》太上天皇の病気回復を祈願してのものであり、九州で整備中の観世音寺の長官として、役所は彼を手放さなかった。当時、寺は役所の一部であった。

後の貞観《じょうがん》八（八六六）年の記録によると、寺の婢「赤須《あかす》」との間に子をなし、五代の孫が名乗り出て良民の身分を回復したという（『三代実録《さんだいじつろく》』）。となると、この歌の綿には、寓意《ぐうい》がなきにしもあらずとなる。

（廣岡　義隆）

わた（ワタ）

わらび
（ワラビ）

いはばしる垂水の上のさわらびの萌え出づる春になりにけるかも

（8一四一八　志貴皇子《しきのみこ》）

岩にぶつかり水しぶきを上げながら流れる滝のほとりのわらびが、芽吹く春の季節になったことだな。

志貴皇子の喜びの歌である。天智《てんち》天皇の子であった志貴皇子は、『萬葉集』に六首を残し、流麗明快なその作風ゆえ歌人として高く評価されているが、壬申《じんしん》の乱後の天武《てんむ》朝にあって、皇族としては、冷遇されていた。そうした不遇の生涯の中で、志貴皇子が好機を得た（増封・位階昇進など）喜びを踏まえているという見方や、長皇子《ながのみこ》の私宅である佐紀宮での宴席歌（1八四）に対応することほぎ歌とする説などがある。

だが、巻八の巻頭に収載されたこの歌は、「春の雑歌」の一首目であり、「春の季節」を詠んだ歌であることは、揺るぎようがない。滝の流れを見ていた志貴皇子は、思いがけなく「わらび」を見つけ、生命が活動を始める春の喜びを感じたのだ。

「わらび」の芽吹きは、万物がよみがえる春の到来を知らせるものである。自然の風景を詠んだ上三句は、助詞「の」の連続がリズムを生み、続けて「萌え出づる春になりにけるかも」と一気呵成に歌い上げることで春到来に躍る心を伝えている。まさに、明るく力強い韻律と春の生命の躍動感とが調和した名歌である。

「さわらび」の「さ」は接頭語。「わらび」は、シダ性の植物であり、早春に拳《こぶし》状に巻いた新芽を出す。根は薬用に、若芽は萬葉の時代から食用としていた。

（倉住　薫）

わらび（ワラビ）

ゑぐ（オモダカ）

君がため山田の沢にゑぐ摘むと雪消《ゆきげ》の水に裳《も》の裾《すそ》濡れぬ

（10一八三九　作者未詳）

愛しいあなたのために、山田のほとりの沢でえぐを摘もうとして、冷たい雪解けの水で裳の裾が濡れてしまいました。

巻十「春雑歌」部の「雪を詠む」の項に分類されている。雑歌部に収められているが、内容は相聞の雰囲気が強く漂う。恋しい人のためならと、冷たい雪解け水をものともせず、沢にはいって摘んだと詠んで、相手への思いの強さを強調しているが、さりとて、押しつけがましさは感じられず、早春の凛とした清澄感がここちよい。

この歌には、人麻呂《ひとまろ》歌集に類歌があり、広く共感を呼ぶ発想の歌であったことがわかる。「君がため浮沼《うきぬ》の池の菱《ひし》摘むと我が染めし袖濡れにけるかも」（7一二四九）。次のもう一首「妹がため菅《すが》の実摘みに行きし我山路《われやまぢ》に迷《まと》ひこの日暮らしつ」（7一二五〇）と一組をなすかのようにして、雑歌の「羇旅にして作る」の項に収められている。

「ゑぐ」は他に「あしひきの山沢ゑぐを摘みに行かむ日だにも逢はせ母は責むとも」（11二七六〇）とも詠まれている。この歌は女の歌とみる見解が多いが、男の歌とも解せられる。

「ゑぐ」は、オモダカ、クログワイ、セリ等、諸説がある。オモダカは、水田、池沼に自生する多年草。クワイはこの変種。男のために摘むものは、「菱」同様、食用であることがふさわしく、その意味でクログワイ説も捨てがたい。

（村瀬　憲夫）

ゑぐ（オモダカ）

をばな（ススキ）

萩《はぎ》の花尾花《をばな》葛花《くずはな》なでしこが花をみなへしまた藤袴《ふぢばかま》朝顔《あさがほ》が花

（8一五三八　山上憶良《やまのうへのおくら》）

萩の花、すすき、葛の花、なでしこの花、おみなえし、ほらまた藤袴、朝顔の花がありますよ。

「秋野の花を詠む歌二首」と題される山上臣憶良の作の第二首目。第一首は次のように詠われる。

秋の野に咲きたる花を指折《および》りかき数《かぞ》ふれば七種《ななくさ》の花　（8一五三七）

秋の代表的な花を七種類集めて、子ども達に教えるために両手を使って、草を一種類ずつ指折り数えて見せた歌で、「また」は指を折る動作が右手から左手へと移った意味だと言われる。「尾花」はススキの花穂、また穂の出たススキを指す。「尾花」の名はススキの穂が獣の尻尾に似ているところからという。「朝顔」は桔梗のことか。「萩の花」「尾花」と続くのは二者が秋の代表的な草花とされたためであろう。

伊香山野辺《いかごやまのへ》に咲きたる萩見れば君が家なる尾花し思ほゆ　（8一五三三）

笠朝臣金村《かさのあそみかなむら》が伊香山（滋賀県の賤ヶ岳の麓の琵琶湖沿いの山を指しているらしい）で作った歌。「萩」と言えば「尾花」が想起された様子が詠まれている。また、「尾花」は屋根を葺く材料としても用いられている。

はだすすき尾花逆葺《さかふ》き黒木もち造れる室《むろ》は万代までに　（8一六三七）

太上天皇（元正《げんしょう》天皇）が長屋王《ながやのおおきみ》の別邸、作宝楼を訪れた時の室寿ぎの御製歌。黒木は皮のついた材木で、ススキで葺かれた屋根と共に野趣溢れる建造物であったと推測される。

七草は秋の代表的な薬草とも言われる。後世、七夕の節会（乞巧奠）に秋の草花を供える風習が見られる。

（平舘　英子）

をばな（ススキ）

をみなへし（オミナエシ）

をみなへし佐紀沢に生ふる花かつみかつても知らぬ恋もするかも

（4六七五　中臣女郎《なかとみのいらつめ》）

おみなえしが咲く佐紀沢に、生い茂っている花かつみではありませんが、かつて味わったことのないせつない恋さえもすることです。

「をみなへし」は、「咲き」と地名の「佐紀」が同音であることに基づく枕詞。このような例は、『萬葉集』では四例見られる。いずれも「佐紀沢」「佐紀野」にかかる。

「花かつみ」は、ハナショウブとも言われているが、不明。もし、そうだとすれば夏の花である。「花かつみ」のカツという音から、「かつて」の「かつ」を導き出している。秋になると、「をみなへし」が咲く「佐紀沢」で生い茂る「花かつみ」の「かつて」ではありませんが、となる。つまり、「をみなへし」と「花かつみ」は共に、その名の音に着目されている。花の名前から、同じ音の他の言葉を連想させるという、言葉遊びを歌のレトリックとして用いているのだ。

をみなへし佐紀野に生ふる白つつじ知らぬこともち言はれし我が背　（10一九〇五　作者未詳）

この場合も、「佐紀野」から「咲き」、「白つつじ」から「知らぬ」を連想させている。しかも「白つつじ」の開花時期は夏で、これも「をみなへし」のそれと異なる。

「をみなへし」は、『萬葉集』に一四例見られる。うち一〇例は、秋の花として詠まれている。山上憶良も秋の七草の一つとして詠んでいる（8一五三八）。確かに、花の名前と同音の言葉を連想させている用例は少ない。しかし、全ての「をみなへし」が秋を代表する花として詠まれているわけではない。

（野口　恵子）

をみなへし（オミナヘシ）

あとがき

命ある草木花に詫びながら、一草、一枝、一花を自然からいただいた日々でした。

植物は太陽と水のあいさつを受け、土の中で育まれながら命を保ち続け今につながっています。

萬葉植物も、いにしえの時代から今日まで自然の中で残っています。このすばらしさに感激して、萬葉の時代を生きた人々のくらしと、その空間を知ると、萬葉植物はいとおしい植物となります。萬葉時代から愛でられてきた植物は、話しことばでは語らないけれど、日本の原風景を彩っています。執筆される先生方はどのように鑑賞されるのかしらとおもいを馳せ、心して、一輪の花一枚の葉でも大切にしながら、萬葉植物の装飾ディスプレイを試みてまいりました。草木花の本来の姿を求めている私を助けて下さいましたのは、佐伯花園の方々でした。

雪深い北陸に出かけられ、ひざまである雪の中から、はは（バイモユリ）、かたかご（カタクリの花）を掘り起こしたり、森や山に入って枝を落としたり、田んぼの奥の林の中にある植物を求めて畦道を歩かれて採集し、また、あかねの赤い根を撮影したいと云えば、その植物の存在を自然の中で見つけて掘り出して根が乾燥しないように濡れ新聞で保護して私に渡して下さいました。さらに、あけび、杉などの盆栽鉢を提供して下さいました。

私の心の内を把握されての植物集めのご苦労は如何ばかりかと深く感謝いたします。

撮影に携わられた清水様ご夫妻は、私の植物への思いにあたたかいお気持で寄りそって下さいまして、写された画面のレイアウトはすばらしく、植物・生命の響きを捉えていただき、安堵の時間をすごすことができました。花園の佐伯様、撮影の清水様、献身的に挿し花の助手をして下さった金城様。最後までご親身なご協力を惜しまなかった皆々様の真心に、心から感謝の意を捧げます。

（花人《はなびと》　青島鞠子）

この企画にご賛同の上、学事多忙の裡、簡要含蓄ある明文をご執筆くださった先生方に深く御礼申し上げます。華道家の青島鞠子先生の斬新な挿し花と、それを活写した清水宣宏・美恵子ご夫妻の写真術に多謝いたします。

なお、写真・撮影にご協力いただいた次の各位に厚く御礼申し上げます。

大妻女子大学多摩キャンパス・大亦観風『萬葉集画撰』（再編版。大亦博彦編。奈良新聞社）・国立科学博物館附属自然教育園・佐伯花園・渋谷区ふれあい植物センター

また、出版に当っては新典社の岡元学実社長・小松由紀子編集部課長にいろいろとお世話になり、有り難うございました。

皆様のお蔭で、楽しい本が出来上りました。うれしいかぎりです。

次に、萬葉植物を介して萬葉人の歌と物語の世界をたのしむ参考書を示しておきます。

山田卓三他『万葉植物事典　万葉植物を読む』（一九九五　北隆館）
大貫茂『萬葉植物事典』（一九九八　普及版二〇〇五　クレオ）
中根三枝子『万葉植物歌の鑑賞』（二〇〇一　渓声出版）
木下武司『万葉植物文化誌』（二〇一〇　八坂書房）
牧野富太郎『原色牧野日本植物大図鑑』（改訂版一九九七　北隆館）

（編者　川上富吉）

索　　引

植物名索引

あ　行

か　行

さ 行

た 行

な 行

は　行

ま　行

や　行

書 名 索 引

執筆者分担一覧（50音順）

浅野　則子（別府大学教授）
…あさがほ・おもゐぐさ・にこぐさ・もも・ゆり
飯泉　健司（埼玉大学教授）
…あしび・ごとう・なぎ・はちす・ゆづるは
井上さやか（奈良県立万葉文化館主任研究員）
…あふち・かきつばた・くず・つつじ・はねず
太田　真理（フェリス女学院大学非常勤講師）
…あぢさゐ・このてがしは・つばき・ふぢばかま・ももよぐさ
小野寺静子（元北海学園大学教授）
…こも・つげ・つた・なでしこ・やまぶき
梶川　信行（日本大学教授）
…うけら・かほばな・ぬばたま・ひかげ・むらさき
川上　富吉（大妻女子大学名誉教授）
…コラム：秋の七草・柿・つぎね・春菜・若菜・蘭蕙
倉住　　薫（大妻女子大学専任講師）
…あかね・かへるで・すみれ・はなかつみ・わらび
近藤　信義（立正大学名誉教授）
…あづさ・かはやなぎ・くそかづら・ひさぎ・むぐら
佐藤　　隆（中京大学教授）
…あは・さくら・つきくさ・はまゆふ・やますげ
清水　明美（日本大学教授）
…いちし・からあゐ・ちさ・ひめゆり・やまたちばな
城﨑　陽子（國學院大學兼任講師）
…からたち・しきみ・すげ（すが）・はり・わすれぐさ
新谷　秀夫（高岡市万葉歴史館学芸課長）
…あやめぐさ・ささ・たで・ねっこぐさ・ほよ
平舘　英子（日本女子大学教授）
…うのはな・くり・たちばな・ふぢ・をばな
竹尾　利夫（名古屋女子大学教授）
…あざさ・ちち・つるばみ・やなぎ・やまたづ
田中夏陽子（高岡市万葉歴史館主任研究員）
…うまら・かたかご・さきくさ・たけ・はぎ
露木　悟義（鶴見大学名誉教授）
…かつら・くは・すぎ・つまま・ほほがしは
野口　恵子（日本大学准教授）
…うめ・くれなゐ・しりくさ・まき・をみなへし
廣岡　義隆（三重大学名誉教授）
…たへ・つばな・はは・むぎ・わた
村瀬　憲夫（近畿大学名誉教授）
…うも・さのかた・しだくさ・まゆみ・ゐぐ
吉村　　誠（山口大学教授）
…おほゐぐさ・こけ・さなかづら・ねぶ・まつ

編者
川上 富吉（かわかみ　とみよし）
1937年　東京に生まれる
1965年　中央大学大学院博士課程単位取得退学
大妻女子大学名誉教授。
主著『古代詩　万葉とその周辺』（1976年，東京堂出版）
　『万葉歌人の研究』（1983年，桜楓社）
　『影印本　萬葉集略解抄』（1988年，新典社）

挿花
青島 鞠子（あおしま　まりこ）
1938年　東京に生まれる
1960年　東京女子大学文学部卒業
1983年　池坊研修学院（京都）卒業　総華綱
花人　鞠・花のアトリエ，東京女学館大学などで華道の講義及び実技に従事。
主著『花馨　はなかおり』（1988年，鞠・花のアトリエ）

撮影
清水宣宏・清水美恵子

萬葉集名花百種鑑賞

2015年2月6日　初刷発行

編　者　川上富吉
挿　花　青島鞠子
発行者　岡元学実

発行所　株式会社　新典社

〒101－0051　東京都千代田区神田神保町1－44－11
営業部　03－3233－8051　編集部　03－3233－8052
ＦＡＸ　03－3233－8053　振　替　00170－0－26932
検印省略・不許複製
印刷所 恵友印刷㈱　製本所 牧製本印刷㈱

©KAWAKAMI Tomiyoshi/AOSHIMA Mariko 2015
ISBN978-4-7879-7855-4 C0095
http://www.shintensha.co.jp/
E-Mail:info@shintensha.co.jp